Leseexemplar
160 Seiten, gebunden
DM 29,80, ÖS 218,00, SFr. 27,50
Erstverkaufstag 19. März 1999

Felicitas Hoppe
Pigafetta

Roman
Rowohlt

Für ihre großzügige Unterstützung meiner Arbeit
an diesem Buch danke ich der Hermann Lenz Stiftung
(München), der NSB Niederelbe Schiffahrtsgesellschaft
(Bremen) und der Laurenz Haus Stiftung (Basel).

1. Auflage März 1999
Copyright © 1999 by Rowohlt Verlag GmbH,
Reinbek bei Hamburg
Alle Rechte vorbehalten
Umschlaggestaltung Barbara Thoben
(Foto: TONY STONE IMAGES / Dale Durfee)
Satz aus der Goudy PostScript PageOne
Gesamtherstellung Clausen & Bosse, Leck
Printed in Germany
ISBN 3 498 02950 9

Für Andreas Anter

Erste Nacht

Ihr Lieben, es ist nur ein Ausflug, nichts weiter. In ein paar Tagen bin ich zurück, sitze wieder am Tisch, der zweite Esser von rechts. In der Zwischenzeit halte ich die Augen offen. Ich werde euch überraschen mit Bildern, die man sonst nicht zu sehen bekommt. Wie sehr ich diese Schulausflüge liebe und am Abend beim Packen der Kiste den festen Glauben, daß alles beim alten bleibt. Sollte trotzdem jemand heiraten, so wünsche ich Glück bei der Wahl der Zeugen und Gäste.

Was mitzunehmen ist: Angel, Köder und Schnur. Hüte und Schirm. Sonnenuhr, Kompaß, Papier. Rettungsringe für jeden Finger. Obenauf das Empfehlungsschreiben an den Generalkapitän, der beschlossen hat, nach Inseln zu suchen, auf denen Zwerge mit großen Ohren leben, deren eines ihnen als Bett, das andere aber zur Decke dient. Sie leben, diese Zwerge, in Höhlen tief unter der Erde und fliehen kreischend, sobald sie einen Fremden erblicken. Der Generalkapitän erzählte niemandem von seinem Plan, denn er wollte kein Mißtrauen wecken.

Als wir ausfuhren, herrschte strahlendes Wetter. Einige meinten sogar, sie hätten die Heilige Jungfrau gesehen, die von oben auf das Schiff herunterlächelte, und nahmen dies als ein gutes Vorzeichen. Wenige Tage später überfielen uns heftige Stürme, die zusammen mit widrigen Strömungen unsere Fahrt hemmten, und einige sprachen offen aus, daß sie lieber umkehren wollten, denn dafür hätten sie nicht bezahlt.

Anordnung der Warnzeichen

Uhren

Unter der schwankenden Uhr an der Wand meiner Kabine im dritten Stock über dem Atlantischen Ozean sitzt Pigafetta und lauscht dem Vergehen der Zeit. Vor ein paar Jahren, wann, spielt in seiner Zeitrechnung keine Rolle mehr, hat er das Interesse für die Angelegenheiten des Festlands verloren und ein Schiff bestiegen. Als ich die Tür öffne, beginnt er zu lachen. Er erkennt mich sofort, ich bin nie auf einem Schiff gewesen. Jetzt sitzen wir in derselben Falle, unterwegs in westlicher Richtung.

Überall auf dem Schiff Uhren, in den Kabinen, in der Messe, in der Küche, als fürchte jemand, wir könnten beim erstbesten Wellenschlag die Erinnerung ans Festland verlieren. Jeden Abend stelle ich meine Uhr gehorsam um eine Stunde zurück und starre beglückt über die gewonnene Zeit in den Sonnenuntergang. Aber das Wetter ist schlecht, ich bin ganz auf meine Einbildungskraft angewiesen.

Der Morgen der Ausfahrt war noch schön und klar. Neben mir an Deck stand der britische Geograph und zeigte mit der ausgestreckten Linken auf die verschwimmende Stadt Hamburg, während er mit der Rechten seinen Hut auf dem Kopf festhielt. Der Hut war viel zu heiß gewaschen für seinen Kopf, der, wie ich später bei Tisch sah, glatt und rund wie ein Globus war, einer jener Köpfe, in die man im Lauf eines Lebens so viel Wissen hineinstopft, daß sie sich unweigerlich ausdehnen müssen, während Augen, Ohren und Nase allmählich schrumpfen, als kehre sich die ganze Welt langsam wieder nach innen.

Auf jeden Fall war er etwas taub, denn er sprach nicht, sondern schrie, was für eine schöne und großartige Stadt dies sei, mit einem Tunnel von drei Komma drei Kilometer Länge, einer Staatsoper und einer Anstalt für Fischerei, Luftkreuz des Nordens, fast so schön wie England, nur fehle die Königin, ohne die eine Stadt eigentlich keine Stadt und ein Land kein Land sei.

Aber das waren andere Zeiten, als der Geograph jung war und noch für seine Königin flog. Als er den Offizier fragte, wohin sie flögen, lachte der Offizier und verband ihnen die Augen. Das ist eine Übung, sagte er, und sie stiegen ein. Auf halber Strecke riß er ihnen die Augenbinden wieder herunter und fragte: Wo sind wir jetzt? Unter ihnen war nichts als Wasser, alle schwiegen. Aber der Geograph hatte alles studiert, er kannte die Karten, die Kurven, die Ränder aus Land, das Wasser aus jeder Höhe, zu jeder Tages- und Nachtzeit. Afrika, schrie der Geograph, und der Offizier hob die Brauen und beförderte ihn.

Ein paar Wochen später flogen sie über die Wüste und stürzten ab, auch der Offizier, schrie der Geograph, der als einziger zwischen den Trümmern übrigblieb und seitdem kein Flugzeug mehr besteigt.

Schokolade

Zum Trost erfand ich das Spiel. Es heißt AUSSICHT AUF RETTUNG und geht so: Wenn sie mich hier, auf der Stelle, über Bord werfen, wohin muß ich mich dann schwimmenderweise wenden? Immer gewann der Geograph, am ersten Tag noch für die irische Küste, später für die Azoren und am Ende für das nordamerikanische Festland, während ich mir längst keine Ränder aus Land mehr vorstellen konnte, und Pigafetta kann gar nicht schwimmen.

Dabei hätte er eigentlich lernen können, wie man langsam ins Wasser geht, Fuß vor Fuß, erst bis zu den Knöcheln, dann bis an die Knie, dann bis zum Bauch, und sich schließlich ganz einfach hinlegt auf die kalte glatte Fläche und mit gefalteten Händen, wie damals unser Bischof, das Wasser in zwei Hälften teilt, die Arme bewegt und die Beine, sie öffnet und schließt und wieder öffnet, so lange, bis man das andere rettende Ufer erreicht, aber wer schwimmen kann, kommt nur langsamer um.

Wir spielten um Schokolade, eingeschlagen in silbernes Papier. Das Schiff war voll davon. Wenn der Geograph den Preis entgegennahm, errötete er, drehte sich rasch auf die Seite und trug seinen Fang hinauf in den vierten Stock, wo er die Kabine des Zahlmeisters bezogen hatte, weil es auf Schiffen längst keine Zahlmeister mehr gibt und auch keine Ladungsoffiziere. Die Kabine des Ladungsoffiziers bewohne jetzt ich.

Ob er die Schokolade verzehrte, wußte ich nicht, die

Vorhänge seiner Kabine waren zugezogen. Vielleicht legte er sie zurück für Zeiten, in denen wir wirklich in Not geraten und zusammengekauert in einem engen Rettungsboot sitzen, in dem angeblich Platz für alle ist. Dann wird er sie leicht aus dem Ärmel schütteln, während uns das Wasser im Mund zusammenläuft, bis das Boot zu sinken droht. Aber er wird nicht mit uns teilen, wer einmal ein Unglück überlebt hat, läßt sich auf keinen Handel mehr ein. Wir haben auch nichts, womit wir handeln könnten, nur Hartkeks und zu Würfeln gepreßte Vitamine, die sich, eingeschweißt in kleine Päckchen, unter den Sitzen des Rettungsbootes befinden.

Regeln

In Wahrheit besteht die einzige Aussicht auf Rettung darin, sich mit der Strömung treiben zu lassen in der Hoffnung auf ein anderes vorüberfahrendes Schiff.

Immer war es der Geograph, der als erster ein Schiff entdeckte, denn er führte, den Blick auf das Fenster, den Vorsitz am Tisch der Zahlenden Gäste, sehr zum Ärger von Herrn Happolati, dem Makler aus Bremerhaven, der auf Hochzeitsreise war und der jüngeren Frau Happolati gern etwas geboten hätte. Aber weil sie nach dem Geographen an Bord gekommen waren, saß er jetzt mit dem Rücken zum Fenster und versuchte jedesmal auf dessen Zuruf, seine Hast und seinen Haß zu verbergen. Er warf einen langen, prüfenden Blick auf das Wasser, dann drehte er sich zu seiner Frau um und flüsterte ihr OH

GELIEBTE EIN SCHIFF ins Ohr, wobei er immer ein wenig spuckte, denn ihm fehlte ein Zahn im unteren Kiefer.

Erst wenn das Schiff längst verschwunden war, stand Frau Happolati auf, drückte ihr Gesicht am Fenster flach und versuchte, Begeisterung auszudrücken, und aus Höflichkeit drehten auch die Offiziere am Nebentisch noch einmal die Köpfe leicht zum Fenster hinüber. Nur der französische Klempner, der seit Le Havre sprachlos und mit dem Rücken zur Wand an unserem Tisch versuchte, sich allmählich in einen Passagier zu verwandeln, hielt den Kopf hartnäckig gesenkt.

Zwischen den Tischen lief lautlos und lächelnd wie ein Artist der philippinische Steward. Er lächelte auch bei hohem Seegang, wenn Frau Happolati nicht mehr zu den Mahlzeiten erschien und es sogar am Tisch der Offiziere stiller wurde. In der Küche klirrten die Teller, der Koch drehte das Radio sehr laut, und der Geograph verzichtete auf die großen Gesten, mit denen er sonst während der Mahlzeiten Landkarten aus der Luft schnitt.

An den Tischen gerieten die Manieren ins Wanken. Die ganze Anstrengung richtete sich jetzt auf die Beherrschung von Messern und Gabeln über dem Abgrund, und hätten der Klempner und ich nicht gelegentlich unsere Arme nach dem Stuhl des Geographen ausgestreckt, er wäre zwischen uns samt Teller und Suppe ins Nichts gerutscht.

Dabei sind die Regeln einfach und rasch zu erlernen: Bei schlechtem Wetter weniger Suppe in die Teller, bei noch schlechterem Wetter Verzicht auf die Suppe. Den

Kaffee, den Tee, das Wasser nur auf halbe Höhe einschenken und immer die Zeit zwischen zwei Wellen nutzen, um voranzukommen. Im Zweifelsfall essen statt sprechen und immer eine Hand an der Kante des Tisches. Man muß sich vertäuen, verankern, einrasten wie die Türen und Schubladen an Bord. Früher führten wir noch die Suppe mit dem Löffel zum Mund und nicht den Mund zur Suppe. Das ist jetzt vorbei.

Erste Predigt des Klempners

Das Wetter war fürchterlich. Die Alte Welt zerbrach wie ein Tontopf. Sechs Tage und sechs Nächte brüllte der Sturm, es brüllte die Flut, und in der Eignerkabine nebenan stöhnte Frau Happolati, die es satt hatte, die Gattin eines Maklers zu spielen, der auch nur ein Gast auf Erden ist in diesen geliehenen Zimmern über dem Ozean. Wahrscheinlich spuckte sie Ingwerwurzeln und Salzstangen auf den billigen Teppich, bis ich durch die dünne Wand hörte, wie ihr Herr Happolati ein für allemal das Rauchen verbot.

Dann begann es zu regnen. Herr Happolati biß bei Tisch die Zähne zusammen und drehte sich auch nicht mehr um, wenn der Geograph von Schiffen an einem Horizont sprach, der hinter dem Vorhang aus Wasser immer nur für den Bruchteil einer Sekunde zu sehen war und dann wieder hinter den Wellen verschwand.

Am siebten Tag versprach uns der Kapitän besseres Wetter. Aber als ich um halb acht die Messe betrat, saß der Klempner allein unter der schwankenden Uhr und war damit beschäftigt, über einem rohen Stück Fleisch ein Ei aufzuschlagen und mit frischen Zwiebeln zu belegen. Weil ich den Steward nicht enttäuschen wollte, setzte ich mich dazu und bestellte dasselbe.

Da hob der Klempner plötzlich den Kopf, schlug mit der flachen Hand auf den Tisch und schrie die schöne und einfache Predigt der Klempner gegen das Heimweh und die Seekrankheit im Auge des Sturms: TRAVAILLEZ ET MANGEZ! Der Mensch braucht einen Glauben und auf neun Meter hohen Wellen, was nicht hoch ist, rohe Eier auf Fleisch. Beim Schneiden der Zwiebel beginnen die Augen zu tränen, der Blick trübt sich, und man hört langsam auf, sich an Landschaften zu erinnern.

Ich schloß die Augen, schob den ersten Bissen in den Mund und begann, vorsichtig zu kauen. Da ertönte das Alarmsignal.

Die Sicherheitsrolle

Ich ließ die Gabel fallen, stürzte hinauf in meine Kabine, legte die leuchtende Schwimmweste an und rannte hinunter auf das zweite Aufbaudeck. Der Kapitän war nirgends zu sehen. Der Erste Offizier zählte die Matrosen, die, Helme und Westen über die Schultern geworfen, gelangweilt um das Rettungsboot herumstanden. Es fehlte der Koch, der philippinische Feigling, schrie der Offizier. Die Matrosen verstanden ihn nicht und lachten.

Hinter mir stand Herr Happolati und verhandelte mit dem Zweiten Offizier, der eine wegwerfende Handbewegung machte und sagte: Sie können ihr nachher erklären, wie man sich rettet. Hinter Herrn Happolati stand der Geograph, weiß im Gesicht, die Hand mit dem Hut auf dem Kopf, das Kinn eingeklemmt in den Reißverschluß einer englischen Jacke, die Schuhe sorgfältig geschnürt. Der Klempner kam in Sandalen und kurzen Hosen und erhielt eine Rüge.

Ich stimmte ein Seemannslied aus meiner Schulzeit an, von Männern, die, weil sie unbedingt auf Kaperfahrt wollen, Bärte und einsilbige Namen tragen müssen, aber niemand fiel ein. Nacheinander traten wir an und stiegen in das raketenförmige Rettungsboot. Der Erste Offizier schloß von außen die Tür, und ich hörte auf zu singen.

Drinnen war es eng und stickig. Der Geograph keuchte und drückte sich in den Sitz neben mir. In der Dunkelheit hinter mir lächelte der Steward. Vorne an meiner Rettungsweste war eine kleine Lampe befestigt, damit man mich besser sehen kann im Ozean. Im Licht der Rettungslampe überflog ich ein letztes Mal die Sicherheitsrolle, die Pigafetta mir mit auf den Weg gegeben hatte:

Verlassen Sie das Schiff nur auf Befehl. Ruhe und Umsicht bewahren. Genau nach der Sicherheitsrolle handeln. Auf keinen Fall Kleidungsstücke ablegen. Vor dem Vonbordgehen reichlich warme Flüssigkeit, keinen Alkohol, zu sich nehmen. Nach Möglichkeit nicht ins Wasser springen. Im Wasser zusammenbleiben. Signalpfeife benutzen. Um treibendes Rettungslicht sammeln. Kräfte sparen. Unnötiges Schwimmen vermeiden. An treibenden Gegenständen festhalten. So viel Rettungslicht und Treibholz wie möglich sammeln. Daraus einen Kasten bauen mit Kammern darin, und zwar so: Dreihundert Ellen sei die Länge, fünfzig Ellen sei die Weite und dreißig Ellen die Höhe. Obenan ein Fenster machen. Mitten in die Seite eine Tür setzen. Drei Böden einziehen, einen oben, einen in der Mitte, den dritten in der Höhe. Denn siehe, ich will eine Sintflut mit Wasser kommen lassen, alles, was auf Erden ist, soll untergehen, auch die Mönche. Aber du sollst in den Kasten gehen und in den Kasten tun ein Faß Wein und allerlei Tiere und das Ehepaar Happolati, daß sie lebendig bleiben bei dir.

1221 Nautische Meilen bis
zum nächsten Lotsen

Unser Schiff ist vorne spitz und hinten stumpf, 163 Meter lang, 27 Meter breit und vom Kiel bis zur Mastspitze höher als ein zehnstöckiges Hochhaus. Bei voller Ladung trägt es 1700 Container. Niemand weiß, was das Schiff geladen hat, wir fahren, was käuflich ist, was das Schiff trägt, Tiere seltener, aber Schuhe und Zahnbürsten, Feuerzeuge und Haarspray, Zigaretten, Lacke, Maschinen, Schokolade und Reifen, Whisky und Obst, Rentner und Offiziere, Makler, Matrosen und Überschmuggler, gefährliche, leicht entflammbare Fracht.

Der Zweite Offizier überprüfte den Sitz unserer Gurte und Helme, bevor er auf den kleinen Hocker hinter dem Steuerrad stieg, wo sich der Hebel befindet, mit dem er das Boot aus seiner Verankerung reißt, damit es ins Wasser schießt wie ein Fliegender Fisch, was ein großartiges Gefühl in der Magengegend erzeugt und lautes Kreischen wie von fröhlichen Menschen in der Achterbahn. Treibstoff haben wir für fünf Tage, nicht um voranzukommen, sondern um an Ort und Stelle zu bleiben, damit man uns leichter findet im Ozean. Wir werden warten und dem Schiff dabei zusehen, wie es langsam zugrunde geht, und Angeln aus den Luken des Bootes halten, mit denen wir nach den leichteren Waren fischen, die auf der Wasseroberfläche dahintreiben.

Der Erste Offizier öffnete von außen die Tür, und wir stiegen zurück an Deck. Ich sah einen Vogel, zwei Delphine, eine Plastiktüte auf den Wellen und Frau Happolati, die neben einer leuchtenden Kiste mit der Aufschrift ÜBERLEBENSANZÜGE stand und mit einer Papierserviette einen Apfel polierte.

Herr Happolati nahm den Helm vom Maklerkopf, küßte sie auf die Wange und flüsterte ihr etwas ins Ohr. Wahrscheinlich erklärte er ihr, wie man sich rettet.

Am achten Tag

Am achten Tag kamen endlich die Lotsen. Sie kamen zu zweit und waren sehr füllig, weshalb ich die Behendigkeit bewunderte, mit der sie die kleine Strickleiter an der

Seite des Schiffes erklommen. Schon leichtere Lotsen ertranken, aber diese hier waren ausgezeichnete Kletterer, rothaarig und sommersprossig, irischer Abstammung, behauptete der Geograph, der sie sofort haßte, Feinde der Königin. Aber ich bewunderte sie, weil sie halblange Mäntel und kleine Koffer trugen wie Landärzte, die nachts durch die Gegend ziehen und im Vorübergehen Verbände anlegen und Frauen entbinden.

Während sie neben dem Kapitän auf der Brücke standen, kleine Schnitten zerkauten, die der Steward am Lotsentisch servierte, und gelangweilt Positionen bestimmten, die der Kapitän ungeduldig wiederholte, stellte ich mir vor, was sie in ihren Koffern bei sich trügen. Kleine gegipste Statuen der Freiheit oder Präsidentenköpfe und handliche Waffen, die sie unter dem Kartenmaterial der Ozeane verborgen hielten.

Die kurze Fahrt krümmte ihnen kein Haar. Sie hatten ihren eigenen Dienstplan mit eigenen Frauen und Kindern, die warteten, bis sie sich am Lotsentisch satt gegessen hatten, um sich danach zu Hause ein zweites Mal an den Tisch zu setzen. Und wenn man sie fragte: Wo sind wir jetzt?, warfen sie einander vielsagende Blicke zu und schwiegen.

New York

Ich stieg von der Brücke hinunter an Deck und sah zum ersten Mal den Koch an der frischen Luft. Er war gelb im Gesicht und fror entsetzlich. Er winkte mich zu sich heran mit dem fleckigen Handtuch, das er während der Arbeit zwischen Kochhemd und Rücken schob, und erzählte mir in aller Kürze seine Lebensgeschichte: Zehn Monate Fahrt, dreimal New York, kein Fuß an Land, wenn diesmal nicht, dann vielleicht in der nächsten Runde. Sein Englisch war schlecht, dafür singe ich besser, rief er und sang. Dann kamen die Schlepper, dann kam die Freiheitsstatue. Das ist das Symbol von Amerika, sagte der Koch, nahm mir die Kamera aus der Hand, machte ein Foto und verschwand in der Küche.

Wahrscheinlich war er auf der Flucht, denn er besaß nur ein einziges Kochbuch für drei Mahlzeiten am Tag über hundert Tage pro Runde für siebzehn Mann und Zahlende Gäste. Außerdem neigte er stark zur Seekrankheit und konnte nicht abschmecken, was der Steward nachher servieren und Frau Happolati dann essen sollte, die, über die immer gleichen Speisen gebeugt, mit schwer herabhängenden Mundwinkeln von den selbstgebackenen Broten ihrer Heimat sprach, von riesigen Kühltruhen voller Rehrücken und den Rücken noch größerer Tiere, die Herr Happolati in einem Wald bei Bremerhaven erlegt hatte. Aber der Geograph kannte auch diese Gegend und behauptete, dort gebe es weder Wälder noch Wild.

Nach dem Essen kamen die Damen vom Zoll. Sie kontrollierten unsere Gesichter und Schränke. In den Fluren roch es nach Rasierwasser. Die Matrosen hatten die Overalls abgelegt, aber auf Bitten der Hafenbehörde mußten sie wieder Westen und Helme anlegen und zum Probealarm antreten. Während der Darbietung scherzten die Damen vom Zoll mit den Lotsen. Dann verließen sie das Schiff und verloren sich Arm in Arm lachend irgendwo auf dem Hafengelände zwischen den Containern.

Der Koch begann, große Kartons voller Milchtüten und Paletten mit Eiern in den Proviantraum zu schleppen. Der Hafenagent kam mit einem Koffer voller Briefe. Zwei davon waren für mich. Die Arme der riesigen Krane setzten sich in Bewegung. Ich setzte mich auf die Taue und begann zu lesen. Auf Schiffen liest man sparsam, Wort für Wort. Als ich aufblickte, machten die Hafenarbeiter die Leinen los. Wenig später waren die Lichter der Stadt verschwunden.

Tod durch Verschwinden

Seit wir New York verlassen haben, versuche ich wieder und wieder auf einer letzten nächtlichen Runde, vom fünften Aufbaudeck aus die Container zu zählen, weil ich dem Geheimnis ihres Inhalts nicht auf die Spur komme. Die Offiziere sehen das ungern, denn man stolpert im Dunkeln leicht über ein Tau oder verfehlt eine der schmalen salzigen Stufen. Oder man kommt der Mannschaft ganz einfach abhanden wie jene höfliche ältere Dame, die eines Nachts, auf einer zweiten Reise um die Welt, Geld und einen Brief auf den Tisch legte und beschloß, das Schiff vorzeitig zu verlassen.

Im Anblick des Ozeans suche ich nach Spuren, die wir auf der Oberfläche des Wassers hinterlassen. Aber da ist nichts. Die Straße, die wir genommen haben, verschwindet hinter uns in der Dunkelheit, als wären wir gar nicht dagewesen. Der Tod durch Verschwinden, sagte der Zweite Offizier, ist der beste von allen, ein Tod, den man an Land nicht findet, weil man dort immer gefunden wird und nicht wissen kann, was sich in den Gesichtern derer malt, die uns am Ende finden müssen. Hier dagegen kann man gar nicht gefunden werden, sofern man den richtigen Zeitpunkt wählt und sich genau an die Sicherheitsrolle hält. Weste und Ring anlegen, reichlich zollfreie Flüssigkeit zu sich nehmen, Whisky oder Cognac oder Gin, sich mit der Strömung treiben lassen und ganz langsam einschlafen.

Statt dessen liege ich in meiner Kabine und bedenke die Anstrengungen der Körper der Menschen auf dem Wasser. Ich lausche dem Geräusch der Maschinen, ihrem Ächzen, Stampfen und Stöhnen, dem Scheppern und Schlagen der Türen, wie in einem Zug unterwegs auf schlechten Schienen ohne Aussicht auf Lichter und Bahnhof. Alles höre ich, nur nicht das Meer, keine einzige Welle. An der Wand meiner Kabine zittert der Schatten Pigafettas. Sein Atem geht langsam und regelmäßig. Aber ich werde ihn wecken, denn er hat mir die Geschichte von den Köchen auf den Schiffen Magellans versprochen.

Zweite Nacht

Bis vor wenigen Tagen schwärmte übrigens auch meine Schwester noch für den Generalkapitän. Es war schon alles beschlossen, die heimliche Reise zum Kaiser, das Empfehlungsschreiben für zwei, der Einkauf unter dem Vorwand der Aussteuer, was gern sieht, wer auf Enkel aus ist, weshalb mein Vater keinen Verdacht schöpfte.

Über Nacht wurde meine Schwester wieder mißtrauisch und glaubte an Schlangen und Schnecken und Zwerge mit großen Ohren. Aber der Generalkapitän, sagte ich, ist kein Zwerg, sondern ein schöner und stattlicher Mann, vor allen Dingen: der Generalkapitän.

Vergiß das, sagte sie, ich habe es satt, wie du alle Tage versuchst, mich mit deinen Ideen zu verkuppeln. Wer hat schon Lust, sein Leben an der Seite eines großen Mannes zu verbringen. Morgens grüßt er dich noch, schon vom Schiff, hält dein Kinn zwischen Daumen und Zeigefinger und streichelt dir flüchtig über die Wange. Aber es ist nicht die Wange, sondern die Reling, ein Steuerrad oder ein Tau.

Mir reichen die kleinen Boote, mit denen man über die Seen rudert, das andere Ufer fest im Blick, wo dir der Wind den Schirm nicht gleich aus dem Arm holt, wo man nicht brüllen muß, sondern das eigene Wort versteht und dem Rudernden in die Augen blickt, direkt auf den Mund. Ein Ruder ist schön und verläßlich, ein großer hölzerner Löffel, mit dem der Bäcker das Brot aus dem Ofen holt, man setzt sich zu Tisch.

Und welchen Ruhm hat der Bäcker, rief ich, welche Ehre? Ich habe die eingeübten Stimmen der Heimat satt, dieselbe Tonleiter hinauf und hinunter, die jammernde Klugheit meiner Schwester, die übrigens schön ist in ihrem Zorn und keine Spielverderberin, sondern sich nur lautlos im Schlaf von der einen auf die andere Seite dreht und wartet, bis ich den Brief auf ihren Nachttisch lege und das Zimmer wieder verlasse.

Wie oft ich sie so gezeichnet habe, bevor ich begann, mir den Generalkapitän vorzustellen, und als ich anfing, auch ihn zu zeichnen, hörte ich auf, meine Schwester zu malen. Sie nahm das nicht übel, sie hielt es für eine Folge des Alters, während ich, Bild für Bild, das Gemälde des Generalkapitäns entwarf, schön wie die Sonne, stolz wie ein Hahn und gekleidet wie unser Bischof.

Erst bei der Fahnenübergabe erkannte ich meinen Irrtum, weil er niemanden liebte, auch mich nicht, denn ich kann gar nicht schwimmen.

Entdecker

Mai

Kurz hinter New York verlor der Geograph die Lust an unserem Spiel. Er aß hinter zugezogenen Vorhängen Schokolade, las in den Briefen Churchills oder schnitt mit einer kleinen Schere den vergangenen Tag aus dem Kalender. Unterwegs zu den sehenswürdigen Sklavenmärkten des Südens entwarf Herr Happolati lange Einkaufslisten, während seine Frau in Zeitungen und Zeitschriften vom Vorjahr blätterte, die in der Messe verstaubten. Der Klempner verzehrte zollfreie Getränke, filterlose Zigaretten und löste bei weit geöffnetem Fenster Kreuzworträtsel.

Zahlende Gäste sind seekrank und unleidlich. Nachts liegen wir hellwach, zerfressen vom Nichtstun in den Kabinen, tags stehn wir an Deck, nutzen mit gierigen Blicken das Meer ab und finden unser Spiegelbild nicht. Morgens liefen der Geograph und Herr Happolati um die Wette, 360 Meter Laufsteg unter den Containern, Kopf an Kopf wie alternde Zirkuspferde, immer im Kreis. Ein Ende ist nicht abzusehen, und durch das Fenster meiner Kabine sah ich, wie der Geograph den kürzeren ziehen würde, weil er einen verdrehten Knöchel hatte und das linke Bein nachzog, während Herr Happolati für alles Rache nahm, was ihm in den vergangenen zwei Wochen bei Tisch widerfahren war, für die unfehlbare Wettervorhersage, die Vorträge über Churchill und die Entdeckung von Schiffen hinter seinem Rücken.

Gelegentlich fielen größere Gegenstände von oben

nach unten, jemand pfiff, und die Läufer zogen den Kopf ein. Die Ladung hat Priorität.

Als ich hinunter an Deck stieg, um die Läufer aus der Nähe zu betrachten, kam mir vom Bug her der Schiffsmechaniker entgegen: Nobell. Ich erkannte ihn sofort, zwei Meter hoch und die Signalpfeife fest zwischen den Zähnen. Ich bin es, rief er, der hier jeden Morgen die Taue und Schläuche aus dem Weg räumt, damit Sie nicht stolpern und stürzen. Zwar sterben müssen wir alle, aber ich will nicht schuld sein, wenn der Makler vor seiner Frau ins Wasser fällt. Sie wissen ja nicht, was ein Tau ist, was es wiegt, was es bedeutet, es aus dem Weg zu schaffen, auch nicht, wie schnell man die Lust am Pfeifen verliert. Den ganzen Tag sind Sie damit beschäftigt, dem Kapitän wieder Tressen auf die Schultern zu nähen und den Offizieren lange Hosen anzuziehen bei dieser Hitze. Die schöne Form! Das reinste Kostümfest, weil die Matrosen auch bei Hitze die Overalls nicht ablegen und sich Turbane um die Köpfe wickeln und Lappen vor die Gesichter hängen beim Schweißen an Deck. Aber Sie könnten sich einmal ein Kleid anziehen, das würde die Herren erfreuen, rundum nichts als Wasser. Und er warf zwei leere Bierflaschen zwischen die Wellen und eine volle hinterher, denn es war früh am Morgen, und in seinen Augen spiegelte sich die Gestalt des Kapitäns hinter meinem Rücken.

Gesang

Der Kapitän war jung, mit kurzen Hosen und hellgrauen Augen, die er entweder auf den Boden oder in die Ferne gerichtet hielt. Er erkannte schon von weitem, was die Matrosen in ihren Taschen trugen. Er sah ihnen nie ins Gesicht, seine Stirn war bewölkt, ein Gedanke oder das Wetter, aber er aß mit Appetit und hatte eine gute Erziehung genossen, beim Essen sprach er nicht.

Zwischen den Mahlzeiten stand er ruhelos neben dem wachhabenden Offizier auf der Brücke, wo es nichts zu befehlen gab, oder er lief um das Schiff und stemmte herumliegende Geräte und Stangen, während die Matrosen unermüdlich das Salz von den Decks und den Fenstern wischten und den Rost von Geländern und Maschinen schlugen, bis sie am Abend erschöpft in ihren Kammern verschwanden, um zu singen und zu trinken.

Der Kapitän sang nicht und trank auch nicht. Er verachtete Nobell, der ihn haßte oder umgekehrt. Wie ich beim heimlichen Durchblättern der Mannschaftslisten feststellte, hatten sie am selben Tag Geburtstag. Sie waren jünger als ich, viel jünger als die jüngere Frau Happolati, und spotteten in meinem Beisein, jeder für sich, über den verlorenen Zahn des Maklers und über den Geographen, der das linke Bein nachzog und beschlossen hatte, vor Herrn Happolati aufzustehn, um seine Runden an Deck allein zu laufen.

Nobell spottete rauchend, trinkend und laut, wobei er stotterte, die Arme in die Luft warf und überall anstieß, weil auf dem Schiff kein Platz für ihn war. Der Kapitän spottete gebildet und leise, niemals vor den Matrosen, und hielt die Augen dabei fest auf seine Füße geheftet. Aber sie verstanden mich beide nicht, weil sie glaubten, ich sei allein unterwegs und daß ich längst auf Hochzeitsreise sein müßte und genausogut ein Flugzeug besteigen könnte, um die Freundlichen Inseln zu besuchen oder das Exil des Geographen, Hauptstadt von Neusüdwales, Umschlagplatz voller Frachter, Fähren und Ausflugsschiffe, und was für ein Klima? Angenehm, sagte der Kapitän, zweiundzwanzig Grad im Sommer, zwölf Grad im Winter und das berühmteste Opernhaus der Welt. Wie ich nachts höre, lieben Sie die Musik, ist es der Fliegende Holländer? Und weil ich ihn nicht enttäuschen wollte, nickte ich und sah ihn zum ersten Mal an der frischen Luft lächeln.

Seemannssonntag

Später lag ich an Deck und zählte die Stunden bis zu unserer Ankunft in Charleston, wo wir, wie ich der Gästeliste entnahm, das Maklerehepaar gegen einen Pfirsichzüchter aus Georgia eintauschen sollten. In meinen nutzlosen Halbschlaf drängte sich die Stimme Frau Happolatis, die vom unteren Deck her die Einkaufslisten verlas, während mich Herr Happolati, weil er wußte, daß er mich nicht wiedersehen würde, in die Geheimnisse seines Lebens einweihte, in den plötzlichen Tod der älteren und seine Liebe zu der jüngeren Frau Happolati, die so groß war, daß er nicht nur für den Teppich in der Eignerkabine aufkommen würde, sondern für das Mobiliar insgesamt, denn die Gesellschaft hatte ihm ein günstiges Angebot gemacht.

Es ist ganz einfach, sagte er, Sie erwerben einen kleinen Teil vom Ganzen und fahren dafür, wann immer Sie wollen, bis ans Ende der Welt. Meine Frau liebt das Meer, sie soll ihren Anteil haben. Und ob ich gesehen habe, wie schön sie ist, wenn sie an Deck oder durch die Fenster der Messe hinaus auf die Schiffe starrt?

Vor ein paar Jahren war sie ohne anzuklopfen mitten in sein Zimmer getreten, nach vorn an den Tisch, mit dem sicheren Schritt der gelernten Speditionsgehilfin, die jahrelang in Vorzimmern unbequeme Kostüme getragen, Kaffee gekocht und billiges Gebäck auf Tellern arrangiert hatte. Später nahm sie zu jeder Tages- und Nachtzeit Telefonate entgegen und schob ungerührt Waren von einem Ende der Welt ans andere. Jetzt war sie erschöpft. Sie trug kurze Hosen, flache Sandalen und versuchte, sich an der Reling stehend gegen den Wind eine Zigarette anzuzünden.

Dann betrat der Klempner meine Träume. Er saß, den Kopf wie ein Schweißer in Lappen gewickelt, im düsteren Hinterzimmer einer leergekauften Bäckerei und aß mit Messer und Gabel das letzte Blech Streuselkuchen. Können Sie nicht bis zum Sonntag warten, rief ich empört, wenn es Eis gibt unter Sahne auf heißen Kirschen, oder wenigstens bis zum Donnerstag, wo man hier gleichfalls Eis serviert, weil donnerstags Seemannssonntag ist? Aber der Klempner hob nicht einmal den Kopf und aß weiter.

Alle wissen, daß donnerstags Seemannssonntag ist, aber niemand wußte, warum, auch nicht der Erste Ingenieur, der seit dreißig Jahren zur See fuhr, durch die Schrecken von Finsternissen und Eis, und immer noch lachte wie ein Geburtstagskind, wenn ihm der Steward, den er ins Herz geschlossen hatte, doppelt servierte. Donnerstags Eis, an Samstagen Suppe mit Linsen und Bohnen mit Würstchen und Senf, das Lieblingsessen des Geographen, weshalb er es vorzog, unter deutscher Flagge zu reisen. Ich sah ihm von der Seite her dabei zu, wie er sich mit der Zunge über die Lippen fuhr und seine großen Hände unter den Bauch führte, ihn hob und wieder senkte, um Platz zu schaffen für mehr, bis ich ihm über den Tisch meine Ration zuschob.

Gebete

Aber an Sonntagen zwischen zehn und halb zwölf ist im Anblick des Ozeans, bei einem kleinen Faß Bier und ohne Gebet, Seemannsgottesdienst für Höhere Ränge und Zahlende Gäste. Die Matrosen waren nirgends zu sehen, es wurde auch nicht gesungen, aber der Erste Ingenieur hielt sehnsüchtig sein blasses Maschinistengesicht in die Sonne und begann, von den großen vergangenen Zeiten zu schwärmen, als es noch Zahlmeister und Ladungsoffiziere gab und man unbehelligt von Zahlenden Gästen über die Meere fuhr, bis die Zahlmeister und Ladungsoffiziere verschwanden und die ersten Gäste auf die Schiffe kamen.

Beim dritten Glas Bier erinnerte er sich an den ersten Passagier seines Lebens, eine ältere Dame mit eigenen Manieren und einer lauten befehlenden Stimme, nur konnte sie nicht mehr laufen, und jemand hatte versäumt, ihr zu sagen, daß die Kabine des Zahlmeisters im vierten Stock lag. Aber sie weigerte sich, das Schiff zu verlassen, denn sie hatte im voraus bezahlt, und dies war der Traum ihrer Jugend. Und so vertäute man sie in einem Sessel, und die Matrosen trugen sie morgens hinauf auf die Brücke und abends wieder hinunter. Vier Monate lang herrschte sie bei jedem Wind und bei jedem Wetter über den Ozean, den Kapitän und die wachhabenden Offiziere, erteilte Befehle und gab Kommandos, suchte mit riesigen Gläsern den Horizont ab und ließ sich dreimal am Tag die Mahlzeiten am Lotsentisch servieren, bis sie endlich das Ende ihrer Reise erreicht hatte und man sie erleichtert wieder von Bord trug.

Jetzt, sagte der Ingenieur, sind die Bestimmungen Gott sei Dank anders, nur wer unterschreibt, daß er laufen und trinken kann, kommt auf ein Schiff, und er hob sein viertes Glas und wünschte uns Frohe Pfingsten, ein Fest, das in den Karten des Geographen nicht verzeichnet war, und ich fand keine Bibel an Bord. Aber auf den Tischen in der Messe stand plötzlich Wein statt Wasser, und der Steward servierte Steaks mit Kartoffeln und Erbsen mit Aussicht auf Abschied vom Ehepaar Happolati, das bereits auf gepackten Koffern saß und nicht daran dachte, für das Bier aufzukommen.

Der erste Schuß

Genau so habe ich mir die Ankunft in Charleston vorgestellt. An einem heißen Pfingstsonntag das Schiff verlassen, vor den trägen Bewegungen der Hafenarbeiter in ein eisgekühltes Museum fliehen und vorbei an schlafenden Wärtern, Flaggen und Vasen durch einen menschenleeren Flur laufen, von Bild zu Bild, damit ich endlich das Gemälde des Generalkapitäns finde, von dem Pigafetta mir jede Nacht erzählt, wenn ich nicht schlafen kann und mich von einem Ohr auf das andere lege, damit die Stimmen endlich verstummen, obenauf die Stimme des Geographen, der immer wieder von Churchill spricht, zu Besuch bei seinen Kapitänen mit ihren unabsehbaren Reihen von Schlachtschiffen und Kreuzern, und über die plötzliche Wehmut nach so vielen Jahren beim Anblick der vielen unbekannten Gesichter vor Anker. Aber die Disziplin, rief der Geograph, der Stil, die Haltung, das Zeremoniell waren noch immer dieselben, lauter Offiziere, die auch bei glühender Hitze die Uniformen nicht ablegen und morgens und abends Parade gehen, in den Krieg mit einem Gebet, zur See mit zweien, auf Hochzeit mit dreien.

Vornweg lief er selbst, vor dem Bauch die leuchtende wippende Weste, Zahlmeister ohne Namen in geheimer Mission, das Kinn eingeklemmt in den Reißverschluß seiner Jacke und ohne jede Aussicht auf Ehrungen oder wenigstens Kongresse, weil er kein Flugzeug besteigen konnte und immer zu spät kam, so daß ihm der Vortrag unterwegs im Hals steckenblieb.

Aber als wir die kleine Insel vor Charleston passierten, Fort Sumter und seinen ersten Schuß, den Beginn eines großartigen Bürgerkriegs, füllten sich seine Lungen wieder mit Luft. Ihn befiel sogar Heiterkeit, und er dirigierte bei Tisch mit Messer und Gabel WACH AUF DU KÜHNER BLIGH DER FEIND IST NAH!, wobei er nicht sang, sondern, die Lippen wie zum Trichter einer Trompete geformt, Lieder blies.

Später lud ich ihn ein, mit an Land zu kommen, die ersten Palmen, sagte ich, und weil er sich nicht rührte, fügte ich noch das Ausflugsschiff nach Fort Sumter hinzu. Aber er blieb sitzen und sagte, ich weiß, daß es da ist, ich muß es nicht sehen.

Sklaven

Ich lief von Bild zu Bild, aber in der Fülle großer Männer kommt es leicht zu Verwechslungen, das Bild des Generalkapitäns war nirgends zu sehen. Nur hinter mir, über der rechten Schulter, hörte ich wieder und wieder eine zischelnde Stimme, die fragte: Gefällt Ihnen, was Sie da sehen, gefällt Ihnen, was Sie da sehen? Bis ich es nicht mehr aushielt, mich umdrehte und rief: Was um Gottes willen soll ich denn sehen?

Aber hinter mir stand nur ein älteres Ehepaar, das aussah wie das gealterte Ehepaar Happolati und erschrocken aneinander festhielt. Wahrscheinlich hielten sie mich für verrückt, weil in dieser Gegend so viele Verrückte unterwegs sind, die einen zu Fuß, andere auf Schiffen. Und ich bückte mich, um meine Schuhe zu schnüren, an denen es nichts zu schnüren gab. Dann rannte ich an den Vasen und Wärtern vorbei zum Ausgang.

Dabei wußte ich genau, daß ich das Ehepaar Happolati in den Supermärkten des nordamerikanischen Festlands zurückgelassen hatte, nachdem mir Herr Happolati in einem überhitzten Taxi auf dem Weg in die Stadt einen Vortrag über die Gerüche der Menschen gehalten hatte. Er sprach von Bildung, dem ausgedehnten Herzen seiner Jugend und davon, wie dies alles auf einmal in Staub und zu nichts zerfiel, als er in Speditionsdiensten nach Afrika kam, wohin ich auf dieser Reise nicht kommen werde.

Neben mir saß Frau Happolati, in eine Wolke sehr klarer Herkunft gehüllt, und starrte auf endlose Reihen von Vorgärten mit immer demselben Haus im Hintergrund. Wenn Sie mir nicht glauben, fragen Sie meine Frau, sie hat jahrelang in Speditionen gearbeitet, die ganze Welt im Büro.

Der Fahrer beschleunigte und drehte das Radio lauter, bis sich die Stimme Herrn Happolatis endlich in einer Seitenstraße verlor. Aber als ich ausstieg, griff Frau Happolati plötzlich nach meinem Arm, zog mich zu sich herunter und flüsterte dicht an meinem Ohr: Hüten Sie sich vor dem Engländer. Er reist ohne Namen und hinkt, aber seinen Krieg hat er nur erfunden.

Vorbereitungen zur Taufe

Wach auf, du kühner Bligh, der Feind ist nah, aber mir ist gleich, wie er heißt, wie er sich nennt, ich rufe ihn niemals beim Namen. Was sind schon Namen, wir haben uns längst geeinigt. Er ist der Zahlmeister, ich bin der Ladungsoffizier. Und der Klempner ist ein Faß ohne Boden, schrie Nobell. Neben ihm an Deck stand Canossa, grau und geduckt, ein Maulwurf unter Tage in den Maschinen, der sich erst bei anbrechender Dunkelheit an Deck wagte, um die Flaschen zu leeren, weil zu vernichten ist, was unsere Seelen vernichtet.

Und wie ein trinkender geiziger Schatten folgte ihm der Klempner, weil Canossa großzügig alles teilte und der einzige an Bord war, der etwas von seinem Französisch verstand, weshalb er ihn bis ans Ende seiner Reise nicht mehr loswerden würde. Überallhin stieg der Klempner ihm nach, sogar in den Bauch des Schiffes, auf schmalen, steilen Leitern bis in die Maschinen, wo es so laut ist, daß man dort keine Sprachen mehr spricht.

Ich taufe dich auf den Namen DAS FASS, schrie Nobell und stieß mit dem Klempner an, der kein Wort verstand und ihm lachend zuprostete. Keine Angst, rief Nobell, auch für Sie werden wir einen Namen finden. Gleich hinter dem Panamakanal beginnen wir mit den Vorbereitungen für die Taufe, aber ziehen Sie sich endlich ein Kleid an. Einen schönen Namen werden wir für Sie finden, einen Namen, einen Namen. Er kam ins Stottern, hielt inne und schlug sich mit der Hand flach ins Gesicht. Dann öffnete er die nächste Flasche.

Erdbewohner

Weder er noch Canossa waren vom Hafen aus in die Stadt gekommen. Dafür sahen sie jetzt, kurz vor dem Auslaufen des Schiffes, dem Pfirsichzüchter dabei zu, wie er aus dem Wagen des Hafenagenten stieg und verloren zwischen Tausenden von Containern und drei riesigen Koffern darauf wartete, eine Weltreise anzutreten, bis ihm der Koch und der Steward zu Hilfe kamen. Sie stiegen zu dritt die Gangway hinauf, vorne der Koch, in der Mitte der schwankende Gast, vor dem Bauch eine schwere Kamera, zum Schluß der Steward, der mit der einen Hand den Koffer mehr zog als trug und die andere flach gegen den Rücken des Pfirsichzüchters stemmte, der immer wieder wegzurutschen drohte. Aber als er das Hauptdeck erreicht hatte, schüttelte er sich wie ein Hund, drückte die Brust heraus und zahlte keinen Pfennig.

Erdbewohner, rief Nobell, sie riechen nach Grube und Staub und haben auf Schiffen nichts verloren. Wollen Sie wetten? Heute abend beschwert er sich über das Essen, morgen früh steht er auf und läuft um das Schiff, bis ihn seekrank der Schlag trifft. Aber ich fasse ihn ganz sicher nicht an, ich lege ihn nicht in den Zinksarg und werfe ihn auch nicht ins Meer, er soll an Deck in der Sonne verfaulen, weil ich hier der einzige bin, der weiß, wie man den Zinksarg verschraubt, und weil die philippinischen Feiglinge den Tod noch mehr fürchten als ihren Teufel. Sie fassen die Leiche nicht an, sie schleppen nur ihre Koffer.

Er hatte noch mehr zu sagen, und ihm fehlten auch nicht die Worte, nur daß sie sich jetzt überschlugen, so daß er wieder zu stottern begann. Da faßte ihn Canossa von hinten sanft an der Schulter und sagte: Wir laufen aus.

Salz

In dieser Nacht feierte der Geograph seinen siebzigsten Geburtstag. Er hatte die Tür seiner Kabine fest verschlossen und weigerte sich, für das Bier aufzukommen. Aber die Matrosen kannten die Mannschafts- und Gästelisten genau. Sie ließen keinen Geburtstag aus und feierten jetzt auf eigene Kosten hinter den zugezogenen Vorhängen des düsteren Tagesraums im ersten Stock des Schiffes, wo in einer hinteren Ecke, zwischen Kalenderblättern, die glänzende Autos, Frauen und Schiffe zeigten, in einem blaßgoldenen Rahmen streng und grau die Taufpatin des Schiffes hing. Neben dem laufenden Fernseher stand der Koch und sang.

Der Kapitän war nirgends zu sehen. Ich saß an der Bar neben dem Zweiten Offizier, der in langsamen kleinen Schlucken trank, drei Töchter hatte und immer wieder unruhig auf seine Armbanduhr blickte. Im Halbdunkel sah ich, daß sie eine andere Zeit zeigte als meine. Er lachte. Man muß wissen, was vorgeht, auch wie spät es zu Hause ist. Wenn ich um Mitternacht auf die Brücke zur Wache gehe, sitzen die Kinder bei Tisch.

Dann tranken wir weiter und behandelten Physik, die

billige Bauart der Schiffe, je weniger Eigengewicht, desto besser, und wie sich der Körper des Schiffes dehnt, wie die Bleche sich ziehn, über den ganzen Aufruhr der Gegenstände, das Scheppern und Zittern der Klinken, das Schwanken der Uhr und den klappbaren Hocker hinter dem Vorhang der Duschen, der unaufhörlich gegen die Kachelwand schlägt, und daß ich nachts manchmal davon träume, ich führe auf einem geliehenen Rad mit losen Blechen rund um das Schiff, immer im Kreis. Ein Ende ist nicht abzusehen, und wie lauter Fliegende Holländer ohne jede Aussicht auf eine Erlösung wischen die Matrosen das Salz von den Decks und Geländern und schlagen den Rost vom Geist Pigafettas. Und ob sie das Schiff lieben? Er lachte. Ist Salz im Meer, hat der Matrose Arbeit. Dann griff er nach meinem Handgelenk, auf dem die Uhr Mitternacht zeigte.

Hundewache

Als ich den Gesang und den vorwurfsvollen Blick der Taufpatin nicht länger ertrug, floh ich hinaus an Deck. Draußen schlug mir feuchte Hitze entgegen. An der Reling stand rauchend Nobell, den Fuß, als hätte er die Wette schon gewonnen, auf einer halbleeren Kiste Bier. Trinken wir auf den Geographen, rief er, denn morgen bin ich schon tot, und nachlassen werde ich nichts.

Da verschwammen das Gesicht Nobells und das Gesicht des Mondes über den Wassern zwischen den Bahamas und Kuba und wurden eins. Ich erkannte es sofort, den trüben Blick, das verzweifelte Lachen zwischen den weißen Zähnen, die bleichen Wangen über dem braungebrannten Kinn, die ganze vom Wind durch und durch aufgeblasene Figur. Ein hochaufgeschossener Irrtum. Wohin muß ich mich jetzt wenden, wenn ich über Bord gehe? Tun Sie mir den Gefallen, und bleiben Sie noch ein wenig, denn jetzt beginnt die Hundewache. Und entschlossen warf er mein Glas in die Flut zu den Fischen und Flaschen, wo es geräuschlos versank.

Er hatte gewonnen. Trinken wir also in dieser Nacht, das kommt nie wieder, die Luft, der Mond und dort drüben ein Streifen Land. Sie sehen nichts? Sie kennen das alte Entdeckerspiel nicht, das Lieblingsspiel des Generalkapitäns: Ich sehe was, was du nicht siehst? Und was ist mit den Leuten, die dort drüben am Ufer die Fahne aufpflanzen, Gebete sprechen und schwören, daß dies das indische Festland sei? Jetzt stimmen sie sogar ein Lied an. Immer noch hören Sie nichts? Nur Wind und Maschinen? Warum enttäuschen Sie mich in dieser Nacht großartiger Entdeckungen? So wird niemals ein Seemann aus Ihnen, ganz ohne Vision. Glauben Sie, auch nur eine dieser Inseln hätte einen Namen ohne die Einbildungskraft großer Männer? Das dort ist Guanahani, fragen Sie gleich morgen früh den Geographen. Nein, fragen Sie ihn nicht, er wird Ihnen einen englischen Namen nennen, aber was sind schon Namen.

Und ich warf mein zweites Glas in die Flut, das zu meinem Erstaunen deutlich hörbar unten aufschlug.

Dritte Nacht

Aber auf halbem Weg hörte ich wieder die Stimme meiner Mutter, mein Sohn, warum willst du uns verlassen und im Schweiß deines Angesichts Zwieback essen, durch den Würmer kriechen, und das Gold deines Vaters gegen Ratten und Mäuse tauschen?

Ich habe eine gute Erziehung genossen, rief ich zurück, ich werde nicht fluchen, nicht spucken, und das Zahnfleisch wird mir nicht aufgehn im Mund. Das, rief meine Mutter, sagt sich leicht im Angesicht unserer schön gezeichneten Landschaft, nur Berge und Seen und harmlose Schreiber in der Kanzlei deines Vaters, den es weniger kümmert, was aus dir wird.

Das ist wahr. Aber warum sollte das Schiff mich nicht tragen, Fliegengewicht zwischen Hartbrot, Kichererbsen und 984 Laibern Käse, die die Köche am Morgen meiner Ankunft auf die Schiffe trugen, wobei sie sehr lachten, weil der eine oder andere Laib den Kapitänen vor die Füße rollte. Ihr wollt uns wohl zu Fall bringen, riefen die Kapitäne, aber dann lachten sie selber und vergaßen, wie sehr sie den Generalkapitän haßten.

Hätte ich nicht voreilig, aus lauter Verlegenheit und Liebe, die Mappe ins Meer geworfen, könnte ich jetzt ohne zu zögern alle Bilder ans Licht ziehen, aus der Zeit, als meine Schwester noch für den Generalkapitän schwärmte: Augen wie Fässer, darüber die weit geöffneten Tore der Brauen, darunter der Steg einer Nase und schwere Lippen unter dem Strom eines Bartes. Große

Ohren, wetterfeste Kleidung. Und als sie vor ihrer Phantasie erschrak, setzte sie obenauf eine Mütze, würdig und streng, damit mir, dem Ritter, nicht das Bild eines Sohnes von Bauern ins Bild wächst.

Genau so habe ich ihn mir vorgestellt, in der glühenden Hitze an Deck, auf dem Kopf diese Mütze und in den Augen den Haß der Kapitäne hinter meinem Rücken. Wahrscheinlich ist er verrückt, aber ich weiche jetzt nicht mehr von seiner Seite und zeichne jedes seiner Worte auf.

Paradiese

Affen

Es war Sonntag. Ich erwachte schweißgebadet vom lauten Gelächter der Arbeiter der Kanalkommission, die nachlässig mit den Spitzen ihrer Schuhe die Scherben vom Deck fegten. Die Sonne stand hoch am Himmel. Jemand versuchte, mir Münzen, Hängematten, anregende Filme und Früchte zu verkaufen, während ich, die Hand rückwärtsgewandt über den Augen, einen Streifen dessen suchte, was man hier einmal für das Paradies gehalten hatte.

In der Messe entwarf der Geograph noch einmal ganz von vorn Gutachten für den Bau eines Kanals, eine achtzig Kilometer lange Rinne von Nordwest nach Südost, weil es eine lächerliche Anstrengung ist, Schiffe über die Berge zu ziehen und sie nachher auf der anderen Seite wieder ins Wasser zu werfen. Staunend sah ich ihm dabei zu, wie er alte Karten und Broschüren auf dem Tisch ausbreitete und plötzlich von den Franzosen zu sprechen begann, wobei er, weil er den Klempner für taubstumm hielt, nicht sprach, sondern schrie, was für ein großes Opfer dies damals gewesen sei. Zwanzig Jahre lang standen die Franzosen nebeneinander unter Hitze im Graben, bis sie schließlich erschöpft, die Fäuste um die Schaufeln geballt, einer zerstochen den Kopf auf die Schulter des nächsten legte und langsam nach vorn in den halbfertigen Kanal kippte.

Aber der Pfirsichzüchter, der die Hitze viel besser vertrug, kaufte den Graben und wuchs, das Kinn im

Schlamm und den Blick nach Südosten, zehn Jahre lang über sich selbst hinaus, bis der Kanal eines Abends unter der Anleitung amerikanischer Visionäre und den Opfern einer internationalen Arbeitsmannschaft fertiggestellt war, wovon noch heute eine Tafel zeugt, die im Vorüberfahren so schwer zu entziffern ist, daß der Pfirsichzüchter den Film immer und immer wieder von vorn sehen mußte, bis er sich schließlich dunkel an die Geschichte erinnerte.

Vergessen Sie die Oper, sagte der Kapitän. Der Preis pro Nettotonne ist zwar hoch, aber die Darbietung erstreckt sich über einen ganzen Tag, und wenn am Abend die drückende Hitze ein wenig nachläßt, die Arbeiter der Kanalkommission das Schiff wieder verlassen haben und man die großartige Kulisse von Panama City zwischen den Kanal und den nächsten Ozean schiebt, werden Sie nicht nur Tausende kostbarer Seemeilen gespart, sondern auch mühelos das Zwanzigste Jahrhundert verlassen haben, verdammt zum Nichtstun auf einem schwerfälligen Schiff, gezogen von zwei kleinen Lokomotiven links und rechts durch drei riesige Schleusen, deren Namen ich längst wieder vergessen habe.

Aber der Kapitän kannte die Namen, weil er diese Strecke zum zehnten Mal fuhr, zum elften, zum zwölften, begleitet von winkenden Männern, Frauen und Kindern, Statisten vor windschiefen Hütten an künstlichen Ufern, die Mücken im Flug fangen und beim Winken ohne viel Aufwand zwischen den Fingern zerdrücken, damit sie das Schiff und die Zahlenden Gäste an Deck verschonen.

Am Heck stand aufrecht der Pfirsichzüchter und filmte braungebrannte Seilwerfer, die sich viel Zeit lassen, biegsam über schmale Schleusenbrücken zu tänzeln, Schlepperboote, auf denen Steuerleute Kommandos rezitieren, Seen mit träge glänzenden Krokodilen neben Seekühen und kleinen Inseln mit Leuchttürmen, auf denen lachende Affen sitzen und unverständliche Signale geben, bis hin zum großen Finale am Tor der letzten Schleuse, wo auf der dichtbesetzten Besuchertribüne der Chor der Touristen sitzt und ein Spruchband schwenkt, das ich nicht entziffern konnte.

Ich wollte zurückwinken, klatschen, aber mein Körper war unter der Hitze bleischwer geworden, so daß ich in die Knie ging, meine Stirn auf das salzige Geländer des siebenhunderttausendsten Frachtschiffes legte und weinte, ohne zu wissen, warum. Aber wahrscheinlich war es nur Schweiß, der mir die Wangen hinunterlief und später im Kragen meines gebügelten Hemdes am Sonntag trocknete, während beim Abendbrot in der Messe der Pfirsichzüchter mit übervollem Mund vom Bau eines neuen Kanals sprach.

Halbkugeln

Aber von Pigafetta weiß ich, was mir wirklich bevorsteht. Obwohl ich die Uhr an der Wand meiner Kabine weiter zurückstelle, werden meine Tage zunehmend kürzer. Nach dem Abendessen fällt die Sonne ins Meer, die Dunkelheit stürzt herein, und ich erschrecke beim Umdrehn zum Fenster, weil mir jemand von hinten eine Hand über die Augen legt. Die Offiziere halten sich höflich bedeckt, aber ich spüre genau, wie wir langsam von der nördlichen Halbkugel ins Nichts des südlichen Meeres rutschen, unterwegs zu den paradiesischen Inseln, auf denen die Freundinnen des französischen Klempners in der Sonne sitzen und Kränze flechten, bis sie ihn langsam vergessen.

Seit wir den Panamakanal durchquert hatten, trug er das ungebügelte Hemd seiner Erinnerungen, auf dessen Rücken die Inseln der schönsten Zeit seines Lebens im Dienst der Kolonien verzeichnet waren. Es spannte sich wie eine Landkarte um seinen runden Leib, und weil wir uns sonst nichts zu sagen hatten, bohrte ich ihm im Vorübergehen an Deck gelegentlich einen Finger in den Rücken und fragte: Wo sind wir jetzt? Und ohne zu zögern, rief der Klempner TAHITI, sobald ich ihn unter dem rechten Schulterblatt berührte, BORA BORA am unteren Halswirbel und BELINGHAUSEN, wenn ich die rechte Schulter traf. Nur in der Mitte des Rückgrats, wo zwei Inseln sehr dicht nebeneinanderlagen, konnte er sich nie entscheiden.

Im Gegensatz zu dem Pfirsichzüchter und mir hatte er nichts zu befürchten, denn er war längst getauft, aber ich hörte in der Messe vom Nebentisch der Offiziere, wie sie mit gesenkten Stimmen Pläne für die bevorstehenden Feierlichkeiten machten. Die Matrosen spannten eine riesige Plane über dem Achterdeck aus, als könnte es hier jemals regnen, der Koch trug große Schüsseln aus der Küche herauf, in denen Fische und Fleisch schwammen, und der Steward begann, mit einer eisernen Bürste das tischgroße Grillgerät zu entrosten.

Unter mir auf dem Hauptdeck saß Nobell und ordnete Taue unter der Sonne. Ich sah ihm von oben dabei zu, wie er unbekannte Knoten probierte, die er prüfend in den Sonnenuntergang hielt, bis es plötzlich dunkel wurde, weil mir jemand von hinten her über die linke Schulter die Hand über die Augen hielt und fragte: Gefällt Ihnen, was Sie da sehen?

Letzte Rasur

Hinter mir stand der Geograph, die rechte Hand mit dem Hut auf dem Kopf, von oben bis unten eingeklemmt in einen dunkelblauen Anzug mit schimmernden Knöpfen aus seinem Gepäck von der Herreise auf einem Passagierschiff zwischen Neusüdwales und England, ein Anzug, in dem man wahrscheinlich auch hinkend noch tanzen kann, bis man das andere Ufer erreicht, London, wo seine Schwester ein Haus mit Garten betrieb.

Einmal in zwei Jahren fuhr er teuer dorthin und drei Wochen später billig zurück. Im Dunkeln begannen wir zu rechnen, wieviel Zeit seines Lebens er auf Schiffen verbrachte. Ich hielt meine Hände hoch in die Luft, die Finger wie einen Fächer gegen die Hitze gespreizt, aber sie reichten zum Zählen nicht aus, denn er trieb dieses Spiel schon seit Jahren, er kannte die Kurven, die Ränder aus Land, den ganzen Ober- und Unterkörper der Welt und den Gürtel dazwischen und war auf alles gefaßt.

Wie oft man ihn unterwegs getauft hatte, wußte er nicht mehr, aber das ständig wechselnde Zeremoniell hatte ihn vorsichtig gemacht. Einmal hatten ihn drei Maskierte von hinten barbiert, ein anderes Mal hatte man ihn in ein Faß gesteckt, zwischen die haltlos Tanzenden gerollt und mit einem Kübel Champagner begossen. Ein drittes Mal hatte man ihm mitten in einer Drehung mit einer höflichen älteren Dame, die später spurlos vom Tanzboden verschwand, ein Bein gestellt. Dabei hatte er sich einen Knöchel verdreht und die Lust am Tanzen verloren, aber er liebte noch immer dieselbe Musik und träumte davon, den CHOCOLATE SOLDIER von Oscar Straus nach einem Libretto von Shaw in der Oper von Neusüdwales zur Aufführung zu bringen.

Dirigieren würde er selbst, in der Hand, straff wie zu einem Prügel gerollt, das Zertifikat, das ihm jederzeit bestätigen wird, daß er schon alles hinter sich hat, das Laufen, das Fliegen, die Drehung im Kreis, das Tauchen im Faß und die letzte Rasur, aber Pigafetta behauptet, sich nicht an die Taufe zu erinnern.

Dabei hätte er eigentlich lernen können, wie man langsam ins Wasser geht, so lange, bis von oben aus einem Trichter gefalteter Hände das Wasser zwischen die Hälften tropft und über die Linie des Scheitels von Osten nach Westen oder von Norden nach Süden fließt über das unbekannte Gelände eines sehnsüchtigen Schädels, der an nichts anderes glaubt als an Rettung.

Staub

Die Nacht war schön und klar. Über uns über der Plane aus Plastik standen Sterne. Die Offiziere trugen lange Hosen. In der Dunkelheit schimmerten die Tressen auf den Schultern des Kapitäns. Ohne auf seinen Befehl zu warten, stürzten sich die Matrosen auf Fische und Fleisch und schaufelten mit den Händen Reis aus den Töpfen auf ihre Teller. Meiner blieb leer.

Mit wenigen raschen Handgriffen band mir Nobell ein Tau um den Bauch und warf mich unter dem lauten Gelächter der Mannschaft in die Wellen zu den Flaschen und Walfischen. Mein Blick trübte sich sofort, und ich hörte auf, mich an Landschaften zu erinnern. Meine ganze Anstrengung richtete sich jetzt auf die Beherrschung von Armen und Beinen. Ich sah einen Delphin, den Fuß eines Vogels und am Boden des Abgrunds die Kerze im Innern des Walfischbauchs, wo an einem Tisch unter hohen Rippenbögen der zahnlose Herr Happolati saß und die Bibel las.

Aber auf halbem Weg hörte ich die Stimme meiner Mutter, warum hast du uns verlassen? Und als sich im Auftauchen meine Lungen wieder mit Luft füllten, schrie ich zurück, daß ich nicht fluche, nicht spucke und beim Essen normalerweise den Mund halte, ganz im Gegensatz zu dem Pfirsichzüchter, der immer noch vom Bau eines neuen Kanals spricht. Jetzt klammerte er sich verzweifelt an die Reling und schrie, er sei längst getauft, und diesen Film wolle er nicht noch einmal sehen.

In letzter Minute zog man mich wieder heraus. Nobell

schlug mir das Wasser von den Ärmeln meines Hemdes, die wie zerfetzte Flügel von meinen Schultern herabhingen, und der Koch reichte mir Salzfleisch und Essig, bevor man mich wieder in die Tiefe warf.

Als ich nach der dritten Taufe die Augen öffnete, erkannte ich unter der Maske Neptuns das Gesicht des Geographen. In der Linken hielt er den Dreizack, in der Rechten die Rolle mit den Fragen: Breitengrad? 01-9.5.S. Längengrad? 103-37.1.W. Geschwindigkeit? Siebzehn Knoten. Wie weit bis zum nächsten Lotsen? 2887 Seemeilen. Ankunftszeit? Juni örtlicher Zeit. Woher der Wind weht? Aus südöstlicher Richtung. Mit welcher Stärke? Fünf. Und die See? Vier Meter hohe Wellen.

Der Geograph schlug mir mit dem Dreizack auf den Rücken, und ich atmete auf, denn das Rätsel war leicht, das Bad erfrischend, die Gesellschaft heiter, und schwarz auf weiß las ich hinter einem Schleier aus Salz die folgenden Worte: Hiermit wird bestätigt, daß die Staubgeborene die gewöhnliche Steuer für eine Äquatorüberquerung zahlte, für die Passage des Äquators von der nördlichen zur südlichen Hemisphäre. Die Besitzerin dieses Zertifikats hat in der Zukunft das Recht, in allen Richtungen über alle Meere und Ozeane von Ost nach West wie auch von West nach Ost zu segeln und den Äquator von Nord nach Süd oder umgekehrt zu überqueren mit aller Achtung Seiner Majestät Neptun, des Herrschers über die Meere und den Wind.

Die Kerze erlosch. Die Mannschaft klatschte. Der Koch machte ein Foto. Bis auf Pigafetta sind alle gut darauf zu erkennen.

Juni

Am nächsten Morgen waren Taue und Plane verschwunden. Das Achterdeck war leergefegt, nur daß ich jetzt schwarz auf weiß den Namen eines Fisches trug, den ich nicht kannte. Als ich Pigafetta das Zertifikat zeigte, lachte er, er hatte sie oft gesehen, wenn sie an heiteren, ruhigen Tagen um das Schiff des Generalkapitäns schwammen, aber die großen taugten nicht zum Essen und die kleinen noch weniger, denn sie bestanden aus nichts als zwei ineinandergeklappten Reihen scharfer Zähne und schwammen wie Scheren durchs Meer. Ich bekam sie niemals zu sehen, weil ich nicht schnell genug war, obwohl die Zeit schon seit Tagen stillstand. Der Kapitän stand lauernd auf der Brücke und suchte mit riesigen Gläsern die Linie des Horizonts nach Spuren ab. Sobald sich etwas auf oder unter dem Wasser zeigte, klingelte in meiner Kabine das Telefon, ich sprang auf, lief hinunter zum Hauptdeck und von dort aus weiter nach vorne zum Bug. Sie sind immer zu spät, sagte der Kapitän vorwurfsvoll und hielt mir das Fernrohr hin.

Weil ich zwischen den Wellen nichts ausmachen konnte, drehte ich mich um und blickte hinauf zum Mast. Er sah meinen Blick und lachte, denn er wußte genau, daß ich einmal, an einem windigen Vormittag im Mai, heimlich versucht hatte, auf den Mast zu klettern, und auf halbem Weg umgekehrt war, weil ich mich mitten im Aufstieg umgedreht hatte und den Boden unter den Füßen verlor. Aber jetzt war es vollkommen windstill, und ich wollte wieder nach oben, einen roten Overall tragen wie er, fest eingestickt, gleich über dem Herzen, den Namen der Reederei, und dazu passendes Schuhwerk und feste Handschuhe.

Wenig später wurde ich auf Befehl unter der Hand des Ersten Offiziers kostümiert. Unten trug ich die bleischweren Schuhe, an den Händen die Handschuhe, dazwischen den Overall, der nicht rot war, sondern nur blau und groß genug, um ihn mit zwei Matrosen zu teilen. Sie sollen nicht umsonst in diese schweren Schuhe gestiegen sein bei diesem Wetter, sagte der Kapitän. Ich werde Ihnen alles zeigen, das ganze Schiff von oben bis unten, und er schulterte die Taschenlampe und öffnete die erste Luke.

Überschmuggler

Ich stieg, den Blick fest auf seinen roten Rücken geheftet, auf schmalen Leitern hinauf in den Schornstein und hinunter in den Bauch des Schiffes, wo bei ewiger Hitze und dem niemals verstummenden Lärm der Maschinen der Erste Ingenieur regierte, der sich während der Besichtigung immer wieder zwischen mich und die Bilder von Frauen und Autos schob. Schauen Sie einfach nicht hin, sagte er, schauen Sie weg. Den Rest konnte ich nicht verstehen, denn er schob mir Ohrenschützer über den Kopf, bevor er uns in die Tiefe schickte.

Je tiefer wir stiegen, desto stärker wurde der Lärm. Im Vorübergehen öffnete sich hin und wieder zwischen den Blechen und Röhren eine Tür, eine Luke, eine Klappe, und einer der Öler schob den Kopf heraus und lachte oder winkte. Zwischen den pfeifenden Kesseln stand Canossa und zeigte mit einem schweren Schraubenzieher auf den Klempner, der ohne Ohrenschützer neben ihm in einer Ecke stand und Ratschläge gab. Ich begriff sofort, daß Canossa daran dachte, ihn loszuwerden und sich mit mir zu verbünden, aber ich zeigte mit den Fingern auf meine Ohren und schüttelte heftig den Kopf.

Kellertiere ohne Sinn und Verstand, schrie der Kapitän, man erkennt sie sofort an ihren Handschuhen und Gesichtern. Wer einmal hier unten ist, schafft es nie mehr bis hinauf auf die Brücke. Kein Wind und kein Licht, und ob ich gesehen habe, wie der Erste Ingenieur seit dreißig Jahren abends über das Deck geht, keine Runden, nur zehn Schritte nach vorn bis zu den Tauwinden, danach eine Drehung und zehn Schritte zurück?

Wenn er wüßte, wie oft ich den Ingenieur so gezeichnet habe, durch das Fenster meiner Kabine, die linke Hand auf dem Poller, die rechte nachsichtig über dem zerfetzten Trommelfell und auch, wie er am Sonntag lachte, wenn der Steward ihm doppelt servierte, und wie er den Löffel glücklich durch die Sahne ins Eis stieß, bis ich es nicht mehr aushielt und mich abwenden mußte, weil ich sah, daß er glaubte, mit seinen Gedanken allein zu sein.

Als wir den Laderaum erreichten, war ich unter dem Overall bereits vollkommen in Schweiß gebadet. In meinen Ohren war ein Scheppern und Rauschen, ein Sausen und Schlagen, das ganze verzweifelte Hämmern der Überschmuggler, die sich in Le Havre in einen falschen

Container sperren ließen und in New York nicht rechtzeitig von Bord kamen. Jetzt saßen sie zwischen Lacken und Whisky mitten in der schrecklichen Schönheit des Stillen Ozeans, während draußen, zwischen zahllosen, gewissenhaft in den Karten verzeichneten Wracks, Inseln vorüberzogen, die sie auf dieser Reise nicht mehr erreichen würden.

Der Kapitän wußte genausowenig wie ich, was sich in den Containern verbarg, und der Erste Offizier, der es hätte wissen können, weil er die Listen besaß, hatte längst den Überblick verloren. Manchmal sah ich ihm auf der Brücke von der Seite her dabei zu, wie er mit gesenktem Kopf und ratlosen Bewegungen in großen Ordnern blätterte, auf die Seiten starrte wie auf ein unbekanntes Spielbrett und das eine oder andere Feld mit einem Leuchtstift markierte, bis er laut seufzte, die Suche aufgab und den Ordner wieder zuschlug.

Erst wenn man in irgendeinem Hafen der Welt die großen Kisten öffnet, wird man sie also finden, eng aneinandergeschmiegt wie schlafende Tiere oder fest ineinander verknäult wie verzweifelte Liebhaber, die Fäuste geballt und die Stirnen von innen gegen die Wand der Container gedrückt. Dann wird man sie ans Licht ziehen und endlich wissen, was sich in ihren Gesichtern malt.

Vierte Nacht

Der Generalkapitän spricht nicht und nimmt seine Mütze auch bei großer Hitze nicht vom Kopf. Er weiß auch nicht, wie oft ich ihn so gezeichnet habe, wenn er darunter ißt oder schläft oder von der Reling aus auf das Wasser starrt, denn er dreht sich nicht um. Er riecht schon von weitem die Angst in den Augen der Köche, die längst keinen Käse mehr über die Schiffe rollen, sondern mit eisernen Haken nach Fischen angeln, die seit Tagen um unser Schiff schwimmen und uns nicht mehr verlassen.

Der Generalkapitän ißt keinen Fisch. Nachts liege ich wach und lausche dem Geräusch leerer Kiefer auf Ledermanschetten und fange ihm Mäuse, die hier, wo es längst keinen Zwieback mehr gibt, so klein sind, daß sie ohne viel Aufwand von selbst nach hinten im Rachen verschwinden. Die Köche fangen die Mäuse in ihren Mützen und servieren in Mützen gewickelte Ratten, die man von den Rändern der Mützen her gierig verschlingt.

Vergiß das, sagte meine Schwester, ich habe es satt, wie du andauernd versuchst, mir den Appetit zu verderben, niemand speist mit der Mütze auf dem Kopf. Meine Mutter sagte nichts, und mein Vater schwieg, aber er schlug mit der Spitze seines Messers leise gegen den Rand meines Tellers, bis ich aufsprang, die Serviette auf den Tisch warf und beschloß, endlich die Kiste zu packen: zweihundert seidene Halsbänder, zweitausend Armbänder aus Blech, zwanzigtausend Schellen von verschiedenen

Sorten, vierhundert Dutzend Messer von schlechter Qualität, fünfzig Dutzend verschiedene Scheren, eintausend kleine und einhundert große Spiegel, damit ich mich besser sehen kann im Ozean, zehntausend Fischangeln, eintausend Kämme, Glaskristalle und Glasperlen aller Farben. Obenauf zweihundert einfache farbige Mützen, damit man schon von weitem sieht, daß wir nicht mit leeren Händen kommen.

Kammern
im
Wasser

Karten

Es war jetzt so heiß geworden, daß ich nachts nicht mehr schlief. Während meine Kabine von Nacht zu Nacht schrumpfte und der Hocker gegen die Kachelwand schlug, hielt unter mir in der Kabine des Zahlmeisters der Geograph, stehend und die Antenne gegen das Fenster gerichtet, das Radio und empfing ein Rauschen kurzer Wellen, freundliche Stimmen, die lächeln und sagen, daß wir weiterfahren und ein Ende nicht abzusehen ist.

Ich kannte die Stimmen genau, denn es war mein Radio, das ich ihm eines Abends in die Hand gedrückt hatte, als ich seine Unruhe nicht länger ertrug und weil er die Briefe Churchills so auswendig konnte, daß der Klempner rhythmisch mit dem Messer gegen den Tellerrand zu schlagen begann, bis der Pfirsichzüchter neben mir auf dem Platz von Frau Happolati mit der Faust auf den Tisch schlug, seine Hüften entblößte und schrie, auch er habe Narben, eine links und zwei rechts, und metallene Kugeln, die man ihm anstelle verbrauchter Gelenke zwischen die Glieder geschoben habe, denn sein Leben lang sei er Leitern hinauf- und hinuntergestiegen, um Bäume zu pfropfen und anschließend die Früchte zu ernten. Einmal stürzte er ab, lag Wochen und schwor, nicht mehr auf Leitern zu steigen, sondern das große Los zu ziehen, ein Schiff zu besteigen und endlich alles an sich vorüberziehen zu lassen, Fort Sumter und seinen ersten Schuß und die kleineren Kriege aller übrigen Länder.

Aber für eine Vortragsreise hatte er nicht bezahlt, auch nicht dafür, daß ihm jemand dreimal am Tag die Worte bei Tisch im Mund verdrehte. Er hatte bezahlt, um Bridge zu spielen, ein Spiel, das dem Geographen vertraut sein mußte, weil er es immer wieder alle zwei Jahre in einem Garten in London gegen seine Schwester verlor. Er dachte gar nicht daran, sich nach dem Essen mit dem Pfirsichzüchter an den Kartentisch zu setzen, er ließ ihn einfach mit dem Spiel in der Hand sitzen, und am Nebentisch zogen die Offiziere die Köpfe ein und taten so, als könnten sie den König nicht von der Dame unterscheiden und ein As nicht vom Buben.

Aus lauter Verzweiflung versuchte der Pfirsichzüchter, die Matrosen für das Bridgespiel zu begeistern, aber sie zeigten keinen Ehrgeiz. Jeden Abend saß er in der hinteren Ecke des Tagesraums neben dem Bild der Taufpatin und beobachtete sie aus den Augenwinkeln bei einem Spiel, das nicht Bridge war und dessen Regeln er auch nach Wochen, als er endlich mitspielen durfte, nicht begriffen hatte, weshalb er immer verlor. Aber ich tröstete ihn damit, daß es vielleicht jede Nacht ein anderes Spiel sei oder daß sie aus lauter Langeweile jede Nacht die Regeln änderten, nach welchen immer wieder derselbe Öler gewann, weshalb man ihm den Namen Las Vegas gab, König der Karten auf allen Schiffen der Welt.

Aber als Las Vegas eines Nachts spurlos vom Schiff verschwand, gab der Pfirsichzüchter das Spielen im Tagesraum auf und begann, sich allein in seiner Kabine stundenlange Patiencen zu legen, denn er hatte den Öler ins Herz geschlossen.

Zungen

Als ich dem Geographen das Radio in die Hand drückte, errötete er, drehte sich um und verschwand mit seinem Fang im vierten Stock, wo er die neuesten Nachrichten empfing, nämlich daß wir seit fünf Wochen um halb acht gebratene Eier auf Speck essen, um halb zwölf Suppe und Fleisch und um halb sechs Fisch mit Salat.

Aber ob wir vorankommen? Bewegt sich das Schiff? Sage ich nicht: Es ziehen die Inseln vorüber? Also stehen wir still, und es bewegt sich um uns herum mit einer Geschwindigkeit von achtzehn Knoten die Welt, um sich gelegentlich das eine oder andere abzuholen, was man so braucht im Vergehen der Zeit.

Wie leicht und geläufig diese Landzungen sind, die mühelos meistern, was den Tag ausmacht. Aber die Briefe meiner Freunde wurden seltener, alles, schrieben sie, ist hier beim alten, nichts ist wie früher, schrieb ich zurück. Die Zungen werden von Tag zu Tag schwerer, weshalb man am Tisch der Offiziere schweigt und am Tisch der Passagiere die Mahlzeiten immer noch mit Reden über das Essen hinbringt, die Gewürze und Supermärkte der Welt, die Schwierigkeit der Aufbewahrung von rohen Eiern auf hoher See und die Undurchsichtigkeit gewisser Suppen, so daß der Pfirsichzüchter zusehends an Gewicht verlor und neben mir am Tisch langsam in sich zusammenfiel, eingehüllt in einen Mantel aus Falten, der von Tag zu Tag schwerer wurde. Aber er sprach unaufhörlich weiter über den dringenden Ankauf von zollfreien Perlen für seine zurückgebliebene Gattin, weil er genau wußte, daß der Geograph eine Frau, derentwegen er vor vielen Jahren seine Schwester verließ, längst verloren hatte, denn sie brachte überhaupt kein Interesse für Seereisen auf.

Aussichten

Unser Gefängnis ist vorne spitz und hinten stumpf. 147 Meter gehören der Ladung, der kleine Rest uns, dem Kapitän ein Salon, dem Koch eine Küche, dem Zahlenden Gast eine Kabine und dem Matrosen eine Kammer. Wenn es unerträglich laut wurde, floh ich nach vorne zum Bug. Dort ist es still. Nur Wind und Wellen und verborgen im Schanzkleid des Schiffes Pigafetta, der von den großen vergangenen Zeiten träumt, als die Seeleute noch wußten, wie man Sterne schießt, und die Inseln auf den Hemden herumreisender Klempner noch klingende Namen hatten, bis die Könige ihren ganzen Hofstaat aussandten, die Mönche, die Botaniker, die Zoologen, die ganze Königlich Geographische Gesellschaft, weshalb diese Inseln jetzt Gesellschaftsinseln heißen und Inseln der Enttäuschung.

Also Schluß mit dem Märchen vom Südland und der Lehre vom notwendigen Gleichgewicht zweier Halbkugeln! In fest verankerten Schubladen liegen gebügelte Karten, in denen alles genau verzeichnet ist. Das Meer gefriert um beide Pole, das Eis ist von Salz frei, kann geschmolzen und getrunken werden, und dreifach leuchtet das Weltmeer: elektrisch, phosphorisch und philosophisch. Die Taschen der Botaniker sind vollgestopft mit neuen Gewächsen, die einigen Nutzen versprechen. Wir essen viel Sauerkraut, damit uns das Zahnfleisch nicht im Mund aufgeht, und werden diese Reise unbeschadet überstehen und dem Handel von mehr als einer Seite neue und großartige Aussichten eröffnen. Auf diese Weise werden wir das gemeinschaftliche Band unter den Nationen stärken und die Kultur des Menschengeschlechts in allen Erdteilen befördern. Denn ist die Natur des Menschen auch klimatisch unterschieden, spezifisch ist und bleibt sie dieselbe. Aber eine völlige und absolute Gleichheit, so wie sie physisch nirgends existiert, ist auch sittlich unmöglich. Irgend jemand wird mit Sicherheit eines Morgens im Anblick des Ozeans die Geduld verlieren, ein schwerer Gegenstand fällt von oben nach unten, jemand pfeift, und ein dritter stürzt rückwärts ins Meer.

Erschöpft legte ich das Buch aus der Hand. Pigafetta lachte. Hinter mir in der Sonne stand Nobell und machte sich an den Ankerketten zu schaffen. Sie machen das gut, sagte er, Sie sollten Vorleserin werden. Er wollte noch mehr sagen, aber in seinen Augen spiegelte sich die Gestalt des Kapitäns hinter meinem Rükken, so daß er die Zigarette auf den Boden warf, sie mit seinem linken Stiefel zertrat und sich wieder den Ankerketten zuwandte.

Schönheit

Sie haben bezahlt und sehen nichts, rief der Kapitän, das stumpfe Auge des Festländers! Sie kennen das alte Entdeckerspiel nicht, und er riß mir das Fernrohr vom Hals und zog mich nach vorn.

Die Delphine waren schneller. Erst zwei, dann vier, dann zehn, warfen sie ihre schweren, glänzenden Leiber hoch hinauf in die Luft, um gleich wieder hinab in die Tiefe zu schießen, wo sie pendelnd und schaukelnd in der Strömung ausruhten. Dann sprangen sie wieder nach oben, immer dasselbe Spiel und jedesmal anders. Schönste und reinste Verschwendung! Das Herz schlug mir plötzlich hinauf bis zum Hals, weil sie sich selbst dabei ohne Eitelkeit besser gefielen als uns. Ich wollte auf einmal jubeln und klatschen, Blumen werfen oder das Fernrohr, aber etwas hinderte mich daran, und während ich in meinen Taschen noch nach Eßbarem suchte, waren sie längst verschwunden.

Aber als ich anfangen wollte, über die Schönheit zu sprechen, legte mir der Kapitän das Fernglas wieder um den Hals und einen Finger fest auf die Lippen, weil er wie jeder Seemann weiß, daß das Meer nicht auf Beifall angewiesen ist.

Schule des Stotterns

Jeden Abend nach dem Essen erzählte mir Nobell dieselbe Geschichte und hörte erst dann auf zu sprechen, wenn er keine Kraft mehr hatte, die begleitenden Kunststücke aufzuführen, nämlich sich vom Bug aus hinunterzulassen und über das Wasser zu hängen, um sich erst im allerletzten Moment wieder nach oben zu ziehen. Seit ich seine Geschichte und seine Kunststücke auswendig kannte, hatte ich aufgehört, mich zu fürchten, und sah ihm ruhig dabei zu, wie er sich lang auf dem Deck ausstreckte und mit hocherhobenem Arm Kreise und Zeichen in die Luft malte, bis er die nächste Flasche öffnete zum Vorhof einer Schule, in der man richtiges Sprechen lernt.

Dorthin brachte ihn eines Morgens seine Mutter. Sie war sehr verlegen, er sei, sagte sie, einfach verstummt, ganz im Gegensatz zu seinen beiden Schwestern, die von Tag zu Tag lebhafter wurden. Dann drückte sie ihm einen Kuß auf die Wange und verschwand, und man schob ihn durch eine zweite Tür in einen Saal voll stotternder Kinder. In der Mitte des Saals standen auf kleinen Podesten die Lehrer und gaben den Einsatz für die erste Übung im Chor:

Ihr Lieben, es ist nur ein Ausflug, in ein paar Tagen sind wir zurück, sitzen wieder am Tisch und halten die Augen offen, nur Berge und Seen und unser Vater, den es nicht kümmert, was aus uns wird, aber wir nehmen die Mützen jetzt nicht mehr vom Kopf.

Mitten im Text faßte ihn jemand von hinten an der

Schulter und zerrte ihn auf die Seite. Was soll die Verstellung, schrie der Lehrer, du stotterst ja gar nicht. Und erst jetzt merkte Nobell, daß er den Text ohne zu stolpern und kalt wie ein Schauspieler sprach, weil er überhaupt nicht wußte, wovon die Rede war.

Da wurde der Lehrer still und gefährlich, jetzt, sagte er, lehre ich dich, wie man wirklich spricht, und er schlug ihm flach mit der Hand in den Text, so daß, als er wieder sprechen sollte, alles zerfiel, die Wörter zu Silben und die Silben zu Buchstaben. Dann schickte er ihn nach Hause. Aber auf halbem Weg fiel ihm der ganze Text wieder ein, und er ging nicht nach Hause, sondern bestieg ein Schiff.

Applaus

Wie gut Sie das machen, rief ich begeistert, Sie sollten Schauspieler werden oder Artist. Sie könnten natürlich auch Bücher schreiben wie der junge Churchill, der übrigens, wie ich beim Essen erfuhr, gleichfalls stotterte. Es begann ganz harmlos, mit einem leichten Kratzen im Hals, dann wurde die Zunge schwer, und er fing an zu lispeln wie Herr Happolati. Später, in der ersten lateinischen Deklination, begann er zu stottern, aber als er nach zwölf Jahren Schule auf einem Pferd der Kavallerie entkam, war das mit einem Schlag vorbei, wahrscheinlich, weil er jetzt nicht mehr sprach, sondern nur noch Schlachtrufe ausstieß. Fragen Sie gleich morgen früh den Geographen, er hat genau studiert, wie der junge Churchill das Parlament betritt, auf ein Podium steigt, zu reden beginnt und erst wieder aufhört, als man ihn erschöpft zum Flottenchef macht.

Nobell drehte sich auf die andere Seite, aber ob man der Welt entzogen, frei zwischen Wind und Wellen auf den Flotten der Königin wenigstens einmal glimpflich davonkommt? Auf Schiffen gibt es weder Neuigkeiten noch Geheimnisse, auch keine Verstecke, weder Einsamkeit noch Geselligkeit, und immer brennt Licht, weshalb Schiffe besonders nachts und von weitem so schön sind. Noch bevor das Schiff am Horizont verschwunden ist, liegen die Taschentücher der Zurückgebliebenen wieder gebügelt im Schrank, als wäre man gar nicht dagewesen. Die Türen der Offizierskabinen stehen weit offen, aber die Matrosen halten ihre Kammern fest verschlossen, auch sonntags bleiben die Vorhänge zu, als hätten sie das Meer satt wie Suppe.

Als ich den Kopf hob, sah ich, daß Nobell neben mir auf dem Deck eingeschlafen war, in der Hand wie ein Kind seine Flasche, neben sich ein Fernglas, denn wir sind jetzt schon so lange unterwegs, daß man allmählich Mühe hat, bekannte Gesichter auszumachen. Aber Canossa, der sich in einem schwankenden Laufschritt näherte, erkannte ich sofort. Wecken Sie ihn, rief er von weitem, wir laufen ein, wir brauchen ihn für die Taue.

Zusammen versuchten wir, Nobell auf die Beine zu holen, Canossa vorne am Kopf, ich an den Füßen, aber er ging zwischen uns immer wieder zu Boden und sprach in seinem nutzlosen Halbschlaf von einem Zinksarg, den er weder mit dem Pfirsichzüchter noch mit dem Kapitän teilen wollte, bis Canossa ihm mit der Hand ins Gesicht schlug und er endlich verstummte, die Augen öffnete und uns erschrocken anstarrte, als sähe er uns zum allerersten Mal.

Dann sprang er auf und begann, sinnlos zu rennen. Im Laufen versuchte er zweimal, sich die Stiefel zu schnüren, und schlug der Länge nach hin. Wach wurde er erst, als er das Heck erreicht hatte, wo, die Taue in der Hand, die Matrosen standen und klatschten.

Landgang

TAHITI! schrie in diesem Moment auf der Brücke der Klempner. Die ganze Nacht über hatte er auf die Ankunft eines Lotsen gewartet, der seine Sprache sprechen und ihm jetzt im Morgengrauen Auskunft über den Verbleib seiner Freundinnen geben sollte. Über die Freundinnen wußte der Lotse nichts, aber er war gesprächig und verteilte an alle, die auf der Brücke standen, bunte Hefte mit Bildern von Inseln, die er in einem Koffer bei sich trug.

Die Matrosen stiegen aus ihren Overalls, wickelten die Turbane ab, nahmen die Lappen von den Gesichtern und beflaggten die Brust mit frischen Hemden. In den engen Fluren vor ihren Kammern roch es nach Ausgang. Aber wenn Sie wirklich etwas sehen wollen, sagte der Kapitän, müssen Sie sich beeilen, wir bleiben hier nicht über Nacht. Vergessen Sie übrigens, was Ihnen hier alle so gern von früher erzählen, Früchte und Freiheit und

Perlen, endlose Liegezeiten mit Affen und Frauen, die langen Nächte in Hafenkneipen mit Tanz drei Schritte vorm Tor. Und die Fußballspiele mit den Mannschaften anderer Schiffe, diese ganze fröhliche Nachbarschaft. Er lachte. Die Zeiten sind vorbei, und ob ich in der Kabine des Ersten Ingenieurs auf dem Tisch unter den Karten die polierten Pokale gesehen habe? Er stand immer im Tor und behauptet noch heute, daß er unter der deutschen Flagge jeden Ball hält. Und jetzt? In einen Sack gesteckt um die Welt geschleppt, da haben Sie das ganze Abenteuer. Nachts fahren wir ein, morgens aus, ein Container verlädt sich bei jedem Wetter, und Sommer und Winter kosten hier gleich.

Er selbst hatte die Inseln nie betreten, weil er das Kommando nicht aus der Hand gab, aber als ich die Brücke verließ, spürte ich seinen Blick in meinem Rücken und wie gern er mitgehen würde. Ich wollte mich noch einmal umdrehen, irgend etwas sagen, eine der vielen Nebensachen des Lebens, aber ich hatte keine Zeit mehr, auch nicht, um mir am Hafen von jungen Männern Blumen hinter die Ohren stecken zu lassen.

Letzte Predigt des Klempners

Den Pfirsichzüchter ließ ich in der Nähe des Hafens vor den ersten Auslagen mit Perlen zurück, sprang auf das erste Fährboot am Morgen und setzte über zu den schönsten Inseln der Welt, wo es weder Winter noch Friedhöfe gibt. Dort werde ich endlich singen und trinken und mich vom Wind aufblasen lassen zu einer ganz besonders großartigen Figur und mich danach besoffen von so viel Schönheit und Einbildungskraft der Natur schlafen legen ins nächstbeste Kanu. Nie wieder Bücher, keine Museen, niemand, der hinter mir her ist und mir mit zischelnder Stimme die Bilder erklärt. Ich schließe die Augen, soll die Nachwelt der Kunst gnädig sein und mir, die ich der Natur keine passenden Wörter überziehen kann.

Bereits auf der Fähre erkannte ich meinen Irrtum, ich war nicht allein unterwegs. In der schmutzigen Bar des winzigen Schiffes standen Canossa und Nobell, den Schatten des Klempners auf den Fersen, der das Hemd seiner Erinnerungen trug und ihnen wahrscheinlich versprochen hatte, sie hier auf den Inseln für ihre Dienste an Bord zu entschädigen, nur daß er immer noch, auch schon am Morgen, auf ihre Kosten trank. Seine Freundinnen waren nirgends zu sehen, aber dafür sprach er jetzt unaufhörlich und nahm für alles Rache, was ihm in den vergangenen Wochen in der Messe widerfahren war. Sein kugelrunder Körper mit den kurzen, kräftigen Armen dehnte sich nach allen vier Seiten auf einmal aus.

Hinter der Bar stand ein Junge und füllte immer wieder die Gläser auf, und ungerührt grau im Gesicht, den Blick standhaft auf den Boden geheftet, legte Canossa einen Schein nach dem anderen auf den Tisch. Nie hatte ich ihn so müde gesehen und den Klempner so fröhlich, der gar nicht mehr aufhören wollte zu sprechen, als wäre er auf einmal von einer langen Krankheit genesen und hätte wieder eine Zunge im Mund.

Nobell, der die Enge des Raums nicht ertrug, rauchte eine Zigarette nach der anderen, warf sie auf den Boden und zerdrückte sie unter den Stiefeln, die immer noch nicht richtig geschnürt waren, so daß er auf halbem Weg zum Waschraum stolperte, sich aber im letzten Moment am hinteren Ende der Bar wieder fing. Plötzlich drehte Canossa sich um und sah zur Tür. Weil ich nicht rechtzeitig den Kopf einzog, trafen sich unsere Blicke, auf seinem Gesicht breitete sich ein großartiges Lächeln aus, und ich begriff, daß er mich nicht verraten würde, weil er in eigenen Geschäften unterwegs war.

Friedhöfe

TAHITI! schrie der Klempner zum zweiten Mal, kurz bevor das Fährschiff anlegte. Die Namen der anderen Inseln hatte er längst vergessen, er wartete nur noch darauf, daß Canossa und Nobell ihm unter die Arme griffen und ihn an einem hellen Vormittag in der Südsee von Bord trugen. Ich sah lange ihren schwankenden Umrissen nach und wartete, bis alle Fahrgäste das Schiff verlassen hatten.

An Land machte ich mich auf die Suche nach einem Kanu, aber weil ich eine erbärmliche Schwimmerin bin, entschied ich mich für ein Fahrrad und umkreiste dreimal den erloschenen Vulkan, bis ich schließlich vollkommen erschöpft vom Duft der Blumen, der Vanille, dem unmöglichen Blau des Wassers und dem empörenden Weiß der Strände mitten auf der Straße neben einer kleinen Kirche ohne Turm vom Rad kippte.

Als ich die Augen aufschlug, standen neben mir Hunde und Kinder, die mit langen Halmen aus Kokosnußschalen tranken und sich an meinem Fahrrad zu schaffen machten. Sie hielten die Hände auf, und ich zog das Fahrrad von der Straße hinunter zum Strand, wo ich stehenblieb und in meinen Taschen nach Geld suchte.

Zwischen den Ästen eines Baumes, dessen Namen ich nicht kannte, hing mitten hinein in den Ozean eine Schaukel. Erst schaukelte ich die Kinder, dann mich selbst, dann wurde mit plötzlich übel, weil das Kreuz auf dem Dach der Kirche zu schwanken begann und weil ich sah, daß sich neben der Kirche kein Friedhof befand, auf dem der Klempner seine Ruhe finden würde.

Heimkehr

Im Vorhof der Kirche, den Rücken an eine Mauer gelehnt, fand mich Pigafetta, rückte mir den Kranz zurecht, hob mich auf seine Schultern und trug mich zurück zum Schiff. Als ich endlich wieder schwankenden Boden unter den Füßen hatte, riß ich mir erleichtert den Kranz vom Kopf, verstopfte mir die Ohren, stieg zurück in den blauen Overall und hinab in den Bauch des Schiffes.

Hier bin ich zu Hause, denn zwischen Werkbänken, Eimern mit frischer Farbe und dreihundert Meter langen rostenden Ankerketten, die langes Bleiben versprechen, steht der Sarg, in den Nobell mich legen wird, falls ich, allzusehr in Gedanken versunken, auf halbem Weg um die Welt, den roten Rücken des Kapitäns aus den Augen verliere und unterwegs auf den Mast die nächste Stufe verfehle.

Was für ein Tod! rufen begeistert die Festländer, aber niemand wird singen und beten. Man wird mich auch nicht zu den Fischen und Flaschen werfen, sondern in den Kühlraum zwischen Konserven und Thunfisch schieben, bis ich nach Fahrplan das Ende meiner Reise erreicht haben werde. Aber nirgends hat man mich zuvorkommender behandelt als hier, und niemals zuvor bin ich so glücklich gewesen. Und also ist dies mein letzter Wille, daß man mir den getrockneten Unterkiefer eines Thunfisches auf die Brust legt, gleich über das Herz neben den fest eingestickten Namen der Reederei. Und damit ich besser einschlafe, soll Pigafetta mir noch einmal ganz von vorn die Geschichte von den Köchen auf den Schiffen Magellans erzählen, denn es gibt zwei Sorten von Seekrankheit: eine im Bauch und eine im Kopf.

Fünfte Nacht

In dieser Nacht erschlug einer der Köche einen Matrosen, der einen andern erschlug, der eine Ratte erjagt hatte, und der Generalkapitän warf alle drei ins Meer, obenauf die Ratte, und ich sah den Haß in den Augen der anderen Köche.

In dieser Nacht erzählte ich ihm zum ersten Mal von meiner Schwester, wie sehr sie für ihn schwärmt und daß sie auf dieser Welt wahrscheinlich die einzige ist, die immer noch an Zwerge mit großen Ohren glaubt. Daß sie niemals auf Bett oder Decke verzichten würde und immer noch meint, zwischen Tisch und Schule auf dem richtigen Weg zu sein. Daß sie die Mütze beim Essen vom Kopf nimmt und beim Essen gern und viel spricht. Aber wenn sie durch die Straßen geht und jemand hinter ihr herpfeift, dreht sie sich niemals um.

Aus irgendeinem Grund verschwieg ich ihre Schönheit. Ich konnte mich an nichts mehr erinnern, nicht an ihr Gesicht, das allmählich verschwimmt, und auch nicht an die Namen, obwohl der Generalkapitän behauptet, daß sein Name schon jetzt in allen Karten der Welt verzeichnet ist und daß es die Straße, die wir seit Monaten suchen, wirklich gibt. Ich schreibe das auf, weil ich kein Mißtrauen wecken möchte, ich möchte ihm glauben, aber wir sind jetzt schon sehr lange unterwegs, und er hält seinen Kopf immer noch bedeckt wie einen Schatz, den ich nicht heben kann.

Er hörte mir längst nicht mehr zu. Er hatte sich die

Ohren verstopft, weil er das Gebrüll der jagenden Matrosen nicht länger ertragen wollte, aber in Wahrheit war es diese jammernde Klugheit meiner Schwester, ihr endloses Gerede von kleinen Booten, verläßlichen Rudern und den ruhelosen ruhmlosen Bäckern der Heimat, das nicht einmal hier draußen verstummt.

Winter

Einhundertfünfzigster westlicher
Längengrad

Wir liefen ohne den Klempner aus. Als Canossa und Nobell am Achterdeck die Taue einholten, verzogen sie keine Miene, sie waren betrunken genug, und ich war zu müde, um Einspruch zu erheben. Der Kapitän war verstimmt, aber die Schlepperboote drängten sich bereits um unser Schiff, und länger als eine halbe Stunde, erklärte er mir, ließe sich die Ausfahrt des Schiffes bei einer Kalkulation von tausend Mark in der Stunde beim besten Willen nicht verzögern. Ob ich nicht besser auf ihn hätte achten können, auf Tahiti, beim Ankauf von Perlen oder mit seinen Freundinnen unterwegs zu anderen Inseln, auf denen er jetzt wahrscheinlich in der untergehenden Sonne lag und die Pflichten des Passagiers vernachlässigte?

Natürlich hatte er unterschrieben, er hatte unterschrieben wie wir alle, daß die Ladung hier Priorität hat und daß niemand auf ihn warten wird, wenn er zu spät kommt, weil dies ein Frachtschiff ist, rief der Geograph, und nicht eines für Leute, die auf ganz andere Abenteuer aus sind.

Wie immer hatte der Geograph auch diesmal das Schiff nicht verlassen, obwohl die Schokoladevorräte zusehends schrumpften. Es war vollkommen gleich, wo wir anlegten, er hielt überall den Hut auf dem Kopf fest, und überall sah ich dieselbe Unruhe und Angst in seinen Augen, weil er sich fürchtete, überhaupt irgendwo anzukommen. Aber er schnitt immer noch die Tage aus dem Kalender und sprach den ganzen Tag über von nichts anderem als davon, wie sehr er die Ankunft herbeisehnte und wie satt er das Seereisen hatte.

Der Steward hatte den Tisch wie immer für vier gedeckt, und bereits beim Abendessen begann uns das hartnäckige Schweigen des Klempners zu fehlen, der rasche und unterschiedslose Verzehr von allem, was auf den Tisch kam, und auch, wie er nach dem Essen seine Zähne reinigte. Der Pfirsichzüchter stocherte lustlos mit seinem Besteck in den Speisen herum, und schließlich verstummte sogar der Geograph.

Am Nebentisch setzten die Offiziere mit gesenkten Stimmen unser Gespräch fort, bis ich es nicht mehr aushielt und nach vorne zum Bug floh, vorbei an der geöffneten Tür der Mannschaftsmesse, wo Nobell und Canossa die zweite Kiste Bier öffneten und alle, die vorbeikamen, dazu einluden. Im Vorüberlaufen schenkte Canossa mir ein großartiges Lächeln.

Täuschung

Kleinmütige Feiglinge und feige Propheten! Wer steigt schon auf Schiffe? Ungelernte, Sträflinge, Stotterer, lauter Leute, die es an Land zu nichts bringen, die nicht kochen können und ohne Manieren in ihren Tellern und Zähnen herumstochern, die keine Frauen, aber überall Kinder haben und keine Briefe schreiben, weil sie kein einziges verständliches Wort zu Papier bringen, Dahergelaufene, die den Weg nach Hause nicht finden und zu Hause stumme Gäste sind.

Aber hier war am Anfang der Wal, den sie wie Jonas nur dunkel von innen kennen. Entkam nicht Pigafetta nur mit knapper Not? Warf man nicht auch Pinocchio ins Meer, als der Marionette vom Lügen die Nase lang wurde? Schluß mit der Täuschung! Gebt mir die größte Taschenlampe, damit ich nachts vorne am Bug die Angelegenheiten des Meeres besser ausleuchten kann, die trügerischen Schatten der Taue und Poller, den schwankenden Mast und, verborgen im Schanzkleid, die gebeugten Seelen der Walfischfänger, die leise spotten über uns Händler.

Aber ich weiß, daß die Nacht mich hier draußen betrügt. Der Sternenhimmel gaukelt mir Geist vor, wo keiner ist, und der Wind narrt mich mit einem Chor bekannter und unbekannter Stimmen. Ich würde gern mitsingen, ein Schiff ist ein Schiff, der Mast ist ein Mast, aber ich halte den Kopf elegant gesenkt wie ein Klempner und die Lippen fest geschlossen, weil Pigafetta mir versichert, daß dies selbst für einen Seemann und bei Licht betrachtet ein gefährlicher Ort ist.

Und wehe dem Zahlenden Gast, der sich hier nachts erwischen läßt, vertieft in das Studium von Fachzeitschriften, die in der Messe verstauben. Denn wie ich mühsam im Licht der Taschenlampe entzifferte, wäre es womöglich gar nicht zweckmäßig, den Wegfall des Ausgucks nur aus der Sicht der Besatzungsreduzierung zu begründen und Betriebszustände zu definieren, bei denen man auf einen Klempner verzichten kann. Denn je mehr der nautische Fahrprozeß durch indirekte Wahrnehmungen und ausschließlich auf der Grundlage eines Informationsmodells der Realität gesteuert werden muß, desto stärker wachsen die Anforderungen an die verschiedenen Kenntnisse der Wirkungsstrukturen dieses Prozesses.

Sollte ich jemals wieder einen Fuß an Land setzen, wird mir das wenig nützen, denn erstens verstehe ich kein einziges Wort von dem, was ich lese, und zweitens, um endlich auf meinen Gang zu sprechen zu kommen, gebe ich schon jetzt eine lächerliche Figur ab, wie eine Ente, gebogenen Knies und mit weit auseinandergesetzten Füßen, weil das Schiff immer wieder unter meinen Tritten zurückweicht.

Wäsche

In den nächsten Tagen begann die Temperatur zu fallen, die Inseln waren in Nebel gehüllt. Dann begann es zu regnen, und ich fing an, mit dem Zweiten Offizier im Keller des Schiffs Tischtennis zu spielen. Er spielte schlecht, aber ich spielte noch schlechter, so daß ich jedesmal kurz vor dem Abendessen in Schweiß gebadet gegen den doppelten Gegner verlor, den Offizier und das Meer, das den Ball unberechenbar über die Platte warf.

Wir spielten bei offener Tür, unter uns der Lärm der Maschinen und im Kellerraum gegenüber das unaufhörliche Rattern zweier riesiger Waschmaschinen, in denen sich Tag und Nacht die Tischtücher, Handtücher, Betttücher drehen, Laken und Planen, Schnürsenkel und Handschuhe, obenauf die Wäsche der Matrosen und Offiziere, Maschinen stark wie Tresore, wie man sie an

Land selten zu sehen bekommt, die mühelos Salz, Sand und Öl aus den Kleidern holen.

Hin und wieder blieb einer der Matrosen oder Offiziere im Vorübergehen stehen und feuerte uns durch Rufe an oder gab Hinweise und Ratschläge, daß man auf Schiffen die Kellen andersherum hält und daß man niemals gegen das Meer spielt, auch nicht gegen Gäste, es sei denn, man läßt sie höflich gewinnen. Die Regeln sind sehr einfach, sagte der Erste Ingenieur, der auf dem Schiff der einzige war, dem es hin und wieder gelang, gegen den Kapitän, den Meister der Reederei, zu gewinnen. Beim Spielen niemals auf den Ball, sondern dem Gegner mitten ins Gesicht sehen, direkt auf den Mund. Aber der Zweite Offizier, der auch gegen seine drei Töchter niemals verlor, dachte gar nicht daran, mich gewinnen zu lassen, und ich sah ihm nicht ins Gesicht.

Später, als sich unser Spiel auf dem Schiff herumsprach, kamen die Matrosen zu zweit, zu dritt und zu viert, die Arme voller Wäsche, auch wenn kein Platz in den Maschinen war. Sie standen im Türrahmen und schlossen Wetten auf uns ab, wer von uns beiden das nächste Spiel verlieren würde, und ich wußte, daß sie auch an diesem Abend wieder auf meine Kosten trinken würden, während ich hinter den zugezogenen Vorhängen meiner Kabine auf das Wohl des Klempners trank, der seine Freundinnen inzwischen verlassen hatte und in einem immer dichter werdenden Nebel ohne die geringsten Anzeichen von Müdigkeit mit meinem Fahrrad um den erloschenen Vulkan fuhr. Da ertönte das Alarmsignal.

Verrat

Ich ließ das Fernrohr fallen, sprang vom Sessel und begann, im Dunkeln fieberhaft nach meinen Schuhen zu suchen. Dabei fiel ich erst über die Füße des Sessels, dann über mich selbst, dann über eine halbleere Flasche, die neben dem Tisch auf dem Boden stand, und an der Wand neben der leuchtenden Schwimmweste schwankte mein Schatten, als ich versuchte, den Riemen des Helms unter meinem zitternden Kinn zu befestigen. Der Reißverschluß meiner Jacke klemmte, die Schuhe waren nirgends zu finden, und so rannte ich mit offener Jacke und ungeschnürten Turnschuhen hinunter an Deck.

Vor mir her rannten schreiend die Matrosen, vorneweg lief der Kapitän, ohne Helm und in kurzen Hosen, und erst jetzt begriff ich, daß dies keine Übung war, denn während der Proben bekam ich ihn nie zu Gesicht.

Sie schlugen Alarm, weil es einem der Überschmuggler gelungen war, sich durch die Bleche seines Containers nach draußen zu fressen. Vor Erschöpfung war er, halb verhungert und völlig verdurstet, zwischen den Tauen eingeschlafen, aber er verriet sich dem wachhabenden Offizier, weil er im Schlaf zu laut sprach, und als er sie kommen hörte, sprang er mitten aus seinem Traum auf die Beine und rannte los.

Er rannte, als täte sich auf einmal die ganze Welt vor ihm auf, nur daß sie sich schon nach wenigen Metern, vorne am Bug, wieder schloß. Er nahm verzweifelt die Kurve und rannte weiter im Kreis, geduckt und das Kinn auf die Brust gedrückt, den Kapitän auf den Fersen und im Nacken die Schreie laufender gesättigter Matrosen nach dem Abendessen, die sich jetzt von zwei Seiten auf einmal näherten, so daß er am Ende auf den Mast klettern mußte.

Ich kenne den Mast. Auf halber Höhe wird er steckenbleiben, weil er nach unten blickt statt nach oben und den Halt unter den Füßen verliert, denn die Sprossen der Leiter sind voller Sand und voll Salz, und er trug sicherlich keine Handschuhe. Aber er konnte nicht loslassen, weil er sich nicht entschließen wollte zu fallen, und so blieb er, unter sich die brüllenden Matrosen, über sich einen Himmel und dazwischen die verworrene Idee von einer Ankunft, einfach hängen.

Als er sich umdrehte, sah er hinter sich das Gesicht des Kapitäns, der sich Stufe für Stufe unaufhaltsam näherte. Der Kapitän brüllte nicht, sondern redete leise auf ihn ein. Wahrscheinlich wies er ihn auf eine der vielen Nebensachen des Lebens hin, auf Frauen und Kinder, die auf Briefe warten, oder vielleicht darauf, daß es nach oben auch nicht endlos weitergeht und daß man nicht ungestraft von der Plattform über den Lichtmast in den offenen Himmel steigt, weil uns die Hände lange vorher verraten und sich langsam, Finger für Finger von den Sprossen lösen, und daß es folglich viel besser ist, auf der Stelle umzudrehen, um unten, sicher an Deck, den ersten Schluck Wasser seit Wochen zu trinken, der ihn für einen kurzen Moment über alles hinwegtrösten wird, was danach kommt.

Vielleicht sprach der Kapitän zu leise, oder der Wind

war schuld daran, daß die Worte des Kapitäns den Fliehenden nicht rechtzeitig erreichten, aber im Fallen faltete er plötzlich entschlossen die Hände und teilte die Luft in zwei Hälften, bis der Wind ihm die Mütze vom Kopf riß, die erst lange nach ihm im Schanzkleid des Schiffes landete.

Listen

Auf diese Weise kam er frei, was den Pfirsichzüchter empörte, denn der nächtliche Alarm hatte ihn mitten aus seinen Patiencen gerissen. Er hatte längst begonnen, Listen zu führen, eine Beschwerde reihte sich an die nächste, und er schwor, daß er, sobald er seine Reise beendet hätte, Klage führen würde gegen die Agentur, die ihm ein Schiff vermittelt hatte, auf dem niemand Bridge spielen konnte und auf dem die besten Spieler nachts spurlos verschwanden und nie wieder auftauchten.

Er hatte recht, denn niemand hatte Las Vegas auf der Steuerbordseite die letzte Ehre erwiesen, jener Schiffsseite, auf der alle Ehrenbezeigungen erwiesen werden, gelten sie nun von Bord gehenden Offizieren, Admiralen oder Leichnamen. Aber der Öler hatte nie Englisch gesprochen und war weder Offizier noch Admiral. Wahrscheinlich war er nicht einmal ein Leichnam, denn er hatte sich einfach in Luft aufgelöst, weshalb man ihn nach zwei kurzen Telefonaten mit der Reederei im nächsten Hafen durch einen anderen Spieler ersetzt hatte.

Die Liste des Pfirsichzüchters war endlos. Sie begann mit der Klage über das Verschwinden des Kartenkönigs, fuhr fort mit der Beschreibung eines allzu schmalen Bettes in der Kabine, in dem laut Prospekt Platz für zwei war, dem Klappern des Hockers hinter dem Vorhang der Dusche und der unerklärlichen Tatsache, daß, seit man ihn getauft hatte, das Wasser im Waschbecken verkehrt herum floß. Er notierte das unterschiedslose Essen, die unerträglichen Vorträge eines englischen Mitreisenden, die schlechten Manieren eines französischen Klempners und das kümmerliche Englisch der Offiziere. Was die Damen an Bord betrifft, schrieb der Pfirsichzüchter, so herrscht Mangel, das Wasser in dem allzu kleinen Schwimmbecken im Keller des Schiffes ist schmutzig wie das Meer, und beim Schwimmen hört man den Lärm der Waschmaschinen von gegenüber und nebenan die befehlende Stimme eines Offiziers hinter der Tischtennisplatte.

Seine Beschwerde mündete in große Empörung über das Wetter, es sei Winter mitten im Sommer und regnete schon seit Tagen, so daß er das Filmen schließlich aufgeben mußte, weil man eine Landschaft, die aus nichts als Wasser besteht und deren Inseln sich zusehends in Nebel hüllen, niemandem von den Daheimgebliebenen glaubhaft machen kann.

Aber am meisten bedrückte ihn, daß, obwohl er seine Uhr immer zurück- und niemals vorgestellt hatte, plötzlich zwischen dem einhundertfünfzigsten östlichen Längengrad und dem siebzehnten südlichen Breitengrad, kurz vor der internationalen Datumsgrenze, ein ganzer

Tag aus dem Kalender verschwand, für den er im voraus bezahlt hatte. Worauf der Geograph in ein tiefes und höhnisches Gelächter ausbrach, seinen Bauch hob und rief, die Erde sei rund, und wenn er Zeit gewinnen wolle, solle er sie an den Polen umkreisen.

Thunfisch

Das Wetter blieb schlecht. Beim Frühstück erklärte der Geograph die Skisaison in den Bergen von Neusüdwales für eröffnet, was die Stimmung nicht hob. Aber der Steward lächelte immer noch und balancierte auch jetzt, mitten im Winter, wie ein Tänzer Schüsseln mit frischem Salat, und obwohl er von Tag zu Tag gelber im Gesicht wurde, schien der Koch, nach beinahe zwölf Monaten Fahrt, endlich von seiner Seekrankheit geheilt. Er sang von Tag zu Tag lauter, je näher wir seiner Heimat kamen, in der man den Generalkapitän von hinten erschlug und Pigafetta zu meinem Glück entkam.

Es konnte sich nur noch um Wochen handeln, er schenkte mir schon Weintrauben und Äpfel und legte mir die auf Nachbarschiffen gegen Whisky und Bier eingehandelten Thunfische in die Arme. Dann machte er ein Foto, wir schleppten die Tiere hinunter in den Kühlraum und zersägten sie in mundgerechte Stücke. Während der Arbeit weihte er mich in die Geheimnisse ihrer Zubereitung ein, obwohl er genau wußte, daß ich nicht kochen konnte und daß er auf dieser

Reise den Appetit des Pfirsichzüchters nicht mehr stillen würde. Aber ich liebte es, ihm dabei zuzusehen, wie er den Fisch in seine Einzelteile zerlegte und endlich behutsam, ohne den geringsten Schaden anzurichten, den Kiefer des Tieres herauslöste, ihn in eine Serviette wickelte und mir zum Dank für meine Hilfe in die Hand drückte.

Als er die schmutzigen Handschuhe auszog, sah ich, daß er schöne und schmale Hände mit langen Fingern hatte. Sein Englisch war schlecht, aber ich begriff sofort, daß der Kiefer mir Glück bringen sollte.

Abschied

Ein paar Tage später ergriff den Geographen die Schwermut, er saß auf gepackten Koffern. In seinem Kalender wurden die Tage bis zur Ankunft knapp, und beim Essen färbten sich seine Wangen tiefrot, als trüge er ein Fieber mit sich herum. Er war so ruhelos geworden, daß er es nicht mehr in seiner Kabine aushielt und sich sogar gelegentlich auf der Brücke zeigte, die er die ganze Reise über gemieden hatte. Und obwohl der Kapitän immer noch keine Tressen trug, war er ihm jetzt auf den Fersen wie ein verzweifelter Schüler, der seinen Lehrer kurz vor der Abschlußprüfung doch noch von sich überzeugen will.

Ich wußte genau, daß der Kapitän es kaum erwarten konnte, ihn loszuwerden, aber auf der Brücke sah ich sie nebeneinander stehen und wie sie sich höflich und ständig voreinander verbeugten, und ich hörte, wie der Kapitän, weil er glaubte, daß er den Geographen nicht wiedersehen würde, ihm mit leiser Stimme mitteilte, daß auch er daran dachte, dieses Schiff zu verlassen, weil es zwei Sorten von Seekrankheit gibt, eine, vollkommen harmlos, im Bauch, die andere aber im Kopf, wobei er auf den Ersten Offizier deutete, der an seinem Tisch zwischen den Ordnern und Listen immer wieder verlorenging.

Der Kapitän hatte es satt, die Ladung, das Salz, das Warten zwischen einem Hafen und dem nächsten, die Gesichter der Matrosen und was sie in ihren Taschen trugen, die ganze sinnlose Knechtschaft unter einem Herrn, den er niemals zu sehen bekam. Er hatte beschlossen, Lotse zu werden, gut bewirteter König und Gast auf den Brücken, der Schnitten zerkaute und Positionen bestimmte, die alle anderen Kapitäne wiederholen mußten.

Dann würde er endlich mit den Zahlenden Gästen scherzen, das Kinn der Damen zwischen Daumen und Zeigefinger leicht anheben und ihnen mitten ins Gesicht sehen, bevor er sich zu Hause an den gedeckten Tisch setzte.

Null Uhr örtlicher Zeit

In dieser Nacht sah ich zum ersten Mal die Kabine des Zahlmeisters von innen. Bis auf zwei Koffer und eine Tasche war sie vollkommen leer. An einem Haken neben der Tür hing zwischen dem Helm und der Weste der Hut. Der Geograph saß auf dem Stuhl, ich auf dem Sofa unter dem halbgeöffneten Fenster, zwischen uns auf dem Tisch, zwischen zwei mit Wasser gefüllten Gläsern, lag ein großes Päckchen.

Draußen war es dunkel. Der Geograph war weiß im Gesicht, die Schuhe geschnürt. Zum ersten Mal seit Wochen brachte er keinen einzigen Ton über die Lippen, er versuchte auch nicht mehr, mir zu erklären, warum es in unserer Heimat jetzt noch vollkommen hell war und der längste Tag des Jahres. In dieser Nacht taten wir kein Auge zu, während seine Schwester im Garten saß und mit ein paar Freundinnen Bridge spielte und Herr Happolati längst auf einem anderen Frachter unterwegs nach Norden war, auf der Jagd nach noch größeren Tieren oder um seine Frau vor der niemals sinkenden Sonne zu fotografieren.

Durch die Finsternis drang vom unteren Deck her die Stimme Nobells, der unverständliche Lieder zu einer Gitarre sang. Hin und wieder öffnete sich im zweiten Stock ein Fenster, und der Pfirsichzüchter brüllte um Ruhe. Danach war es jedesmal für ein paar Augenblicke still, bis der Gesang von neuem ertönte.

Plötzlich errötete der Geograph, begann heftig zu atmen, beugte sich über den Tisch nach vorn und schob mir das Päckchen hin. Für Sie, flüsterte er, aber warten Sie, bis ich das Schiff verlassen habe.

Als im Morgengrauen der Gesang endlich verstummte, standen wir auf, hoben feierlich die Gläser und tranken in kleinen vorsichtigen Schlucken. Hinter dem Fenster sah man die ersten Lichter der Hauptstadt von Neusüdwales. Der Geograph trug die Koffer, ich seine Tasche. Bevor er in den Wagen des Hafenagenten stieg, schenkte ich ihm zum Abschied das Radio.

Mittsommernacht

Ihr Lieben, die Dunkelheit ist jetzt vollkommen. Die eine Hälfte dient uns als Bett, die andere als Decke. Unter der Decke sitzt der Generalkapitän, den bemalten Globus zwischen den Beinen, den Finger fest auf seine Straße geheftet, und ich höre ihn leise lachen.

Er sah die Köche nicht kommen, aber ich hörte deutlich das Klappern ihrer Kellen, als sie sich von hinten näherten, um für alles Rache zu nehmen, was ihnen in den vergangenen Monaten auf den Schiffen widerfahren war, für die Ratten und Mäuse, die verlorenen Mützen und den Verlust des fünften Kochs, der den Jäger erschlug und den der Generalkapitän schweigend über Bord warf, bevor er sich wieder seinem Globus zuwandte.

Ich hatte sie oft gesehen, wie sie im Schanzkleid des Schiffes ihre Kellen polierten und die gelben Gesichter zusammensteckten, nur verstand ich nicht, wovon sie sprachen, weil ihnen im Mund die Zähne fehlten. Aber jetzt kamen sie, Arm in Arm, Haß in den Augen, eine kleine Armee ohne Helme, über den Köpfen wie leere Steinschleudern die Kellen.

Der Generalkapitän drehte sich nicht einmal um. Er nahm auch nicht seinen Finger von der Straße, sondern rollte sich nur im Schlaf von der einen auf die andere Seite, so daß die Köche mit ihren Kellen nach vorn über die Planken ins Leere fielen.

So wurde die Verschwörung entdeckt, und der Generalkapitän selbst sprach das Urteil, nämlich daß man sie an den Ohren so lange über die Reling hängt, bis wir endlich Land sehen und das ungläubige Gemurmel an Deck verstummt.

Ausgeflaggt

Vermächtnis

Obwohl mir der Steward versicherte, der Geograph sei an diesem Morgen für immer von Bord gegangen, er selbst habe seine Koffer geschleppt und gewinkt, bis das Auto des Hafenagenten zwischen den Containern verschwunden sei, hörte ich beim Frühstück in der Messe wieder und wieder seine vorbetende Stimme: Oktober, Erster Lord der Admiralität. Juli, Munitionsminister. Januar, Kriegs- und Luftfahrtminister. Februar, Kolonialminister. November, Schatzkanzler.

Auf dem Weg nach oben fand ich die Tür zur Kabine des Zahlmeisters offen. An der Wand hing der Hut, auf dem Tisch neben den leeren Wassergläsern lag das Päckchen. Ich setzte mich in den Stuhl und hielt es lange prüfend gegen das Licht, bevor ich es öffnete, obwohl ich genau wußte, was es enthielt, die Briefe Churchills und eine auf Butterbrotpapier gezeichnete Karte meiner Reiseroute. Die Ortsnamen waren kaum zu entziffern, aber er hatte in engen, scharfen Buchstaben mit seinem eigenen Namen unterzeichnet, und darunter stand klar und deutlich: Den Vorsitz bei Tisch führen jetzt Sie!

Kurz vor dem Mittagessen war seine Stimme verstummt, aber als ich die Messe betrat, sah ich durch die Tür mitten in das lachende Gesicht des Klempners, der seine Freundinnen verlassen und das erstbeste Flugzeug bestiegen hatte. Er saß auf seinem Platz unter der Uhr, trug immer noch dasselbe Hemd und aß mit demselben

Appetit. Über seinen kurzen Ausflug verlor er kein Wort.

Ich setzte mich auf den Stuhl des Geographen, und zum ersten Mal seit Wochen sah ich mit eigenen Augen das Meer, den Horizont und die Spuren, die das Gesicht Frau Happolatis auf den Fensterscheiben hinterlassen hatte. Ich spürte auch nicht mehr den Blick des Kapitäns in meinem Rücken, sondern sah ihm ins Gesicht, wenn der Pfirsichzüchter sich schneuzte, ohne ein Taschentuch oder eine Serviette zu benutzen.

Aber von nun an bestimme ich hier die Regeln und worüber man spricht. Ich verkünde die neusten Nachrichten, daß der Klempner zu uns zurückgekehrt ist, daß es immer noch regnet und daß der Kapitän beschlossen hat, uns zu verlassen.

Wie kann er das wagen, rief der Pfirsichzüchter, der immer noch glaubt, daß der Kapitän als letzter das Schiff verläßt, und der nicht weiß, wie gern alle anderen mitgehen würden, weil man hier nicht in Stunden und Tagen, sondern nach Monaten und Jahren rechnet, weil sich der Rost unaufhaltsam durch die Hemden aufwärts zum Kopf frißt und weil, wer nach uns kommt, noch billiger zu haben ist.

Nur ich möchte nach wie vor schön sein und bügle weiter mit Blick auf das Meer weiße Hemden, während man sich draußen am liebsten die Turbane von den Köpfen und die Tressen von den Schultern reißen möchte, aber niemand hier wird mit heiler Haut davonkommen, nicht der Kapitän, nicht der Erste, der Zweite, der Dritte Offizier und erst recht nicht Nobell, den der Kapitän wegen seines Gesangs unter den Fenstern der Passagiere zum dritten Mal abgemahnt hatte, weshalb er nie mehr unter deutscher Flagge fahren würde und längst keinen Vorschuß mehr bekam.

Freitag

Seit der Klempner zurückgekehrt war, ließen weder er noch Canossa sich auf dem Schiff blicken. Sie aßen auch nicht mehr in der Mannschaftsmesse, sondern schlossen sich über vollen Tellern in ihren Kammern ein. Nachts nahm ich ihre Spur auf und rannte nach vorne zum Bug, um den Hals die Taschenlampe, die ich längst nicht mehr brauchte, denn ich kannte den Weg wie ein Sträfling die Zelle.

Pigafetta hatte seinen Lieblingsplatz verlassen. Am Bug stand das Wasser. Aber ich saß dort jede Nacht und lauschte auf das Geräusch von Stiefeln zwischen den Containern. Sie kamen niemals zu zweit, sie tranken jetzt jeder für sich in großen und gierigen Schlucken, Canossa in seiner Kabine, Nobell vorne am Bug, rittlings hoch aufgerichtet und stolz wie eine von Wind und Salz zerfressene Galionsfigur, die dem Schiff kein Glück bringt, weil jemand sie in den falschen Farben bepinselt hatte und nachher vergaß, die passenden Schriftzeichen anzubringen.

Aber das Zeremoniell war immer noch dasselbe, dieselben Getränke, dieselbe schwankende Stimme und dieselben Kunststücke, nur daß er sie jetzt so undeutlich ausführte, daß ich mir die Augen zuhielt und in meinen Taschen nach dem Thunfischkiefer tastete.

Nobell lachte im Halbschlaf. Sein Kopf lag auf der Brüstung, sein Mund stand halb offen, und seine Füße in den schlecht geschnürten Stiefeln hingen wie Pendel über das Deck. Er trug sie bei jedem Wetter, zu jeder Tages- und Nachtzeit, Stiefel, in denen er an einem Freitag das Schiff bestiegen hatte, der ein Dreizehnter war.

Dabei sind die Regeln einfach und rasch zu erlernen, daß man an einem Dreizehnten niemals ein Schiff besteigt und daß man nachts nicht ungestraft das Gesicht vom Bug aus über das Wasser hängt, weil sich unser Spiegelbild zwischen den Wellen verzerrt und wir auf einmal alles sehen, worauf wir niemals gefaßt sind, den Bösen Blick, den schweren Mantel aus Falten und wie uns langsam, einer nach dem anderen, die Zähne aus dem Mund fallen, denn wir sind jetzt schon so lange von allen guten Geistern verlassen unterwegs, daß unsere Zeitrechnung nicht mehr aufgeht.

Wenn er wüßte, wie oft ich ihn so gezeichnet habe. Aber wenn ich ihn wecke, ihn sanft von hinten an der Schulter berühre, weil mir so wenig gefällt, was ich sehe, wird er kopfüber nach vorne ins Meer stürzen und für immer verschwinden. Dann wird niemand mehr nachts unter meinem Fenster singen, niemand wird die Taue und Schläuche aus dem Weg räumen, und man wird mich zu den Flaschen und Walfischen werfen, weil niemand hier weiß, wie man den Zinksarg verschraubt.

Ich stand auf, sammelte die Scherben vom Deck und warf sie einzeln über meine Schulter nach unten ins Wasser. Ich drehte mich nicht um, denn ich wollte nicht sehen, was er sah.

Schule der Navigation

Im Morgengrauen stand ich unterwegs in nördlicher Richtung neben dem Kapitän auf der Brücke und versuchte, den Augenblick einzufangen. Ich hielt die Augen starr auf den automatischen Navigator gerichtet, aber obwohl ich seit neun Wochen getauft war, gelang es mir nicht, im richtigen Moment das rote Band zwischen der südlichen und der nördlichen Halbkugel zu durchschneiden. Sie sind immer zu spät, sagte der Kapitän, aber der Zweite Offizier rief mit einer Stimme, die nach knallenden Korken verlangte: Endlich wieder in heimatlichen Gewässern!

Dabei sah ich weder Dächer noch Schornsteine, auch keine Frauen mit winkenden Kindern unter Hafenkranen. Rundum war nichts als Wasser. Aber ich sah die Vorfreude in den Augen des Kapitäns, der jetzt schwarz auf weiß hatte, daß er kurz vor dem einhundertsten östlichen Längengrad unser Schiff verlassen und ein Flugzeug besteigen würde, um wenige Stunden später beinahe für immer festen Boden unter den Füßen zu haben, denn die Lotsenbrüderschaft hatte feierlich seine Aufnahme beschlossen.

Seit er wußte, daß er alles hinter sich hatte, hatte ihn

eine große Heiterkeit befallen. Er lief auch nicht mehr um das Schiff, um Geräte oder Stangen zu stemmen. Statt dessen rief er mich jetzt jeden Morgen auf die Brücke, um mich im Lesen von Karten und Wellen zu schulen und mein Ohr für die lange Tonleiter des Windes zu schärfen. Selbst auf die Gefahr hin, mit einer millionenschweren Ladung auf unbekannte Riffe aufzulaufen, scheute er keinen Umweg, um mir die letzten von Königen regierten Inseln zu zeigen. Er ließ mir sogar am Lotsentisch Offizierstee servieren, der rötlich war und lauwarm, und er erzählte mir von einem Kap, wo die Seelen der Toten erleichtert zurück ins Meer steigen, weil man dort unten so viel besser schläft als oben im dritten Stock.

Ich lauschte staunend und mit halboffenem Mund, sein letzter und unbegabtester Schüler, und hatte bis zum Abend vergessen, was er mir morgens erklärte. Aber er war jetzt schön und geduldig und begann immer wieder von vorn mit derselben Lektion, dem Erfragen von Längen- und Breitengraden, von Knoten, Schlaufen und Ösen, woher der Wind weht, wie er steht, wie er sich dreht und warum das Schiff ständig seinen Kurs ändert, obwohl wir immer noch im Kreis fahren. Aber als er mich fragte, wie weit es bis zum nächsten Lotsen sei, öffnete ich die Arme und sagte: Zwei Meter.

Piraten

Ein paar Tage später wurde er wieder ernst, denn in Wahrheit, sagte er, sei dies eine gefährliche Gegend, enge, belebte Gewässer, in denen man leidenschaftlich auf Jagd sei, und er befahl uns, nachts die Türen zu den Kabinen fest zu verschließen und auf Spaziergänge über das Deck zu verzichten, weil er genau wußte, wie ich meine Nächte verbrachte.

Bei Tisch sah ich, wie die Offiziere sich über die neuesten Nachrichten beugten, daß die Piraten meistens von hinten kommen und nachts, in schnellen Booten, und wie sie über Bambusstangen mit eisernen Haken, die sie wie Angeln nach den Geländern der Schiffe auswerfen, über die Reling an Bord klettern, so schnell, daß man kaum ihre Schatten sieht, auch weil sie sich nicht durch im Mondschein glänzende Messer zwischen den Zähnen verraten, sondern Handfeuerwaffen bedienen, die sie unter dem Kartenmaterial der Ozeane verstecken.

Sie schießen den Offizieren ins Bein, nehmen den Wachmann als Geisel, reißen die schlafenden Gäste aus schlechten Träumen und wissen genau, was der Erste Offizier immer noch nicht weiß: was unser Schiff geladen hat. Sie sind im Besitz aller Listen und schieben ungerührt die Waren vom einen Ende der Welt ans andere. Sie kennen die Gegend genau und brauchen nicht länger als eine Nacht, um ganze Schiffe in Buchten verschwinden zu lassen, die in unseren Karten nicht eingezeichnet sind.

Sind sie friedlich gestimmt, begnügen sie sich mit der

Schiffskasse, die voller Scheine ist, weil Matrosen nur nehmen, was man sehen und zählen kann. Alles legt ihnen der geknebelte Offizier zu Füßen, und nach getaner Arbeit, die Taschen voll Geld und den Offizier auf der Brücke vertäut, bohren sie sich von außen so lange durch die Bleche, bis aus kleinen Löchern der Whisky aus den Containern auf das Deck und in ihre weit geöffneten Münder tropft.

Dies ist kein Scherz und auch keine Geschichte, und wer sie falsch erzählt, verliert leicht seine Zunge, weil irgendeiner von ihnen doch noch ein Messer in der Tasche hat, das so lang ist, daß man selbst einen Seemann von zwei Meter Höhe damit mühelos an den Mast nageln kann.

Schwerter und Kreuze

Diesen Film liebte der Pfirsichzüchter. Er liebte ihn mehr als das Bridgespiel und wollte ihn immer wieder sehen, während wir durch das Chinesische Meer fuhren, begleitet von Hunderten kleiner Fischerboote, die sich nachts, hell erleuchtet wie eine dicht besiedelte Stadt, eng an den Leib unseres Schiffes schmiegten, in der Hoffnung auf bessere Beute, weil es in dieser Gegend längst keine Fische mehr gibt.

Es hielt das alles für reine Erfindung, für einen Hofstaat, den man eigens für ihn auf das Wasser gesetzt hatte, ganze Familien, die auf Schiffen hausen, weil in der Stadt kein Platz für sie ist. Zwischen den Mahlzeiten stand er an Deck, die Brust herausgedrückt wie ein König, winkend, grüßend und rufend, als läge auf dem Wasser ein roter Teppich für ihn, und obwohl nie jemand zurückwinkte, warf er hin und wieder etwas ins Wasser, Münzen oder Erdnüsse.

Seit der Geograph von Bord gegangen war, blühte er auf. Er saß bei Tisch wieder gerade und erzählte dem Klempner seine ganze Lebensgeschichte, wie man immer wieder von vorn Bäume pfropft und anschließend die Früchte erntet, von den Stimmungen seiner Frau und den Launen der Tochter und daß er der einzige im Haus sei, der wirklich kochen konnte, weshalb sie ihn nur ungern ziehen ließen. Manchmal stand er neben dem Koch in der Küche, erteilte Ratschläge, tauchte den Daumen in die Soßen und kommandierte das Wenden von Fleisch und Spiegeleiern. Dabei schlug er dem Koch von hinten auf den Rücken, als wären sie alte Freunde.

Aber den Koch brachte jetzt nichts mehr aus der Fassung. Seine Tage bis zur Ankunft in Hongkong waren gezählt. Von dort aus würde er zusammen mit dem Steward zurück in seine Heimat fliegen und vor Weihnachten nicht mehr aufs Wasser zurückkehren. Ich sah ihm dabei zu, wie er die Scheine in den schmutzigen Kragen seines Kochhemds einnähte und lange Listen mit Geschenken für seine Kinder anfertigte, denen er Bilder von Städten zeigen würde, die er nur aus meinen Erzählungen kannte.

Dafür kannte er die Flaggen viel besser als ich, denn er war unter allen gefahren und gewann jedesmal, wenn wir nach dem Kaffeetrinken in der Messe das Spiel spielten, das ich gegen das Heimweh erfunden hatte: Ich zeige dir

Land, zeig du mir die Flagge. Er hielt die Namen der Länder unter seinen Händen verborgen, und ich setzte jedesmal auf die falschen Farben und verirrte mich heillos im Dickicht der Schwerter und Kreuze und der vollen und halben Monde.

Aus Höflichkeit drehte er das Spiel manchmal um. Er gab mir die Namen und verdeckte die Flagge, und als ich für Hongkong ein rotes Kreuz mit vier Armen in den blauen Hintergrund hängte, lachte er, stand auf und zog mich zum Fenster hinüber, wo er auf die vorüberfahrenden Schiffe zeigte, auf denen man schon eifrig die neue Fahne aufpflanzte, fünf gelbe Sterne, den großen und vier kleine, und schwor, daß die Zeit des Geographen vorbei und alles wieder an seinem Platz ist.

Zweite Schule des Stotterns

Ich erwachte aus meinem unruhigen Nachmittagsschlaf vom leisen Klopfen der Piraten an meiner Tür. Sie kamen in den glänzend geschnittenen Anzügen der Herren von der Antipiratenkommission, weil es viel eleganter ist, seinen Geschäften bei Tag nachzugehen, als nachts von hinten über Bambusstangen auf Schiffe zu klettern.

Während mir der eine den Finger fest auf die Lippen legte und mir ein Zeichen gab, aufzustehen und mich anzuziehen, öffnete der andere Schubladen und Schränke, blätterte in den Briefen Churchills, nahm den Thunfischkiefer vom Tisch und hielt ihn lange prüfend gegen das Licht, bevor er ihn in hohem Bogen aus dem Fenster warf. Dann nahmen sie mich höflich in ihre Mitte und führten mich hinauf auf die Brücke.

Der Klempner wurde in kurzen Hosen und Sandalen gebracht und hatte ein blaues Auge. Weil er das Versteck seiner Perlen nicht preisgeben wollte, hatte man den Pfirsichzüchter am Lotsentisch festgebunden und gab ihm Offizierstee zu trinken. Nobell war nirgends zu sehen. Canossa war betrunken, und ihm fehlte ein Zahn im unteren Kiefer.

Die Ausgänge beiderseits waren von Männern mit handlichen Waffen flankiert, die keine Anzeichen von Ungeduld zeigten. Außer dem Spucken des Pfirsichzüchters war nichts zu hören. Zwischen den Offizieren und Matrosen stand der Kapitän. Er war weiß im Gesicht und zählte die Scheine aus der Kasse einzeln auf das Kartenpult, wo die Ketten und Ohrringe der Matrosen lagen.

Dann zogen die Herren die Messer, und keiner der Matrosen leistete Widerstand, als sie ihnen mit wenigen raschen Schnitten die Hemdkragen aufrissen und die Scheine herausholten. Auf ein Zeichen verschwanden die Männer von den Ausgängen. Bevor sie gingen, nahmen die Herren mein Kinn zwischen Daumen und Zeigefinger, verbeugten sich leicht und deuteten eine Entschuldigung an.

Gold

In dieser Nacht begann ich zu stottern und sah den Kapitän zum ersten Mal trinken. In dieser Nacht betranken sich alle außer Nobell, der bereits am Morgen betrunken im Schanzkleid eingeschlafen war und nichts gesehen und gehört hatte.

Wach auf, du kühner Bligh, ich werde ihn wecken, damit er mir zeigt, wie man sich selbst ins Gesicht schlägt, wenn schon am Nachmittag die Sprache versagt, erst ein Kratzen im Hals, dann das lispelnde Stolpern über die Zunge, und wie man danach wieder auf die Beine kommt. Er soll auch wissen, daß er hier jetzt der einzige ist, der noch goldene Ohrringe trägt, aber er drehte sich nur im Schlaf auf die andere Seite, denn was ist das billige Gold an den Armen gegen die Zeit, die uns hinter sich herschleppt über die Wirbelsäule des Wassers, und gegen die Sehnsucht, die größer wird, je näher wir unserer Heimat kommen, um sich kurz vor der Ankunft plötzlich höhnisch in nichts aufzulösen wie Geld im Kragen eines Kochs?

Aber wir sprechen hier nicht dieselbe Sprache, siebzehn Mann, drei übriggebliebene Gäste und in der Mitte die Flasche mit Rum. In dieser Nacht tranken wir alle allein, jeder für sich, auf einem anderen Erdteil, hinter fest verschlossenen Türen. Selbst die Türen der Offizierskabinen waren von innen verriegelt, und der Pfirsichzüchter, der zum ersten Mal für das Bier aufkommen wollte, weil er als einziger seine Perlen gerettet hatte, saß verloren auf dem Achterdeck und legte Patiencen.

Absender:

Rowohlt Verlag
Werbeabteilung

21462 Reinbek

Meine Meinung zum Leseexemplar von Felicitas Hoppe «Pigafetta»:

Ich bin einverstanden, daß meine Meinung eventuell veröffentlicht wird.

Besitz

Am nächsten Morgen war alles beim alten. In der Ferne sah man die schwimmenden Krane, schwankende Türme mit schwebenden Armen, weil der Platz im Hafen so eng war, daß man die Schiffe draußen vor Anker löschte und neu verlud. Der Koch und der Steward packten ihre Koffer, während das Schiff langsam immer tiefer ins Wasser sank und unter der Last seiner Ladung flach wie ein Floß wurde. Wer nicht arbeitete, schlief für Minuten im Stehen in den Gängen, auf Matten an Deck zwischen den Pollern, auf Plastikhockern zwischen den schreienden Agenten im Ladebüro oder im strömenden Regen auf den Sonnenliegen der Zahlenden Gäste, die sich aus Angst vor Fliegenden Händlern und Frauen mit Glücksbringern und Fisch in ihren Kabinen versteckt hielten. An Deck flogen Reis und Kommandos in einer Sprache, die ich auf dieser Reise nicht mehr erlernen werde.

Zwischen den Tauen und Schläuchen zerfloß der Abfall, während ich, ein Taschentuch auf dem Gesicht, über das Deck lief und mit den Füßen die Zeitungen und Hühnerknochen auseinanderschob. Neben mir hörte ich die Stimme Herrn Happolatis, der über die Gerüche der Welt sprach, aber als ich aufblickte, stand vor mir der Koch. Er war gelb im Gesicht, trug ein frisch gebügeltes Hemd und hielt triumphierend den Thunfischkiefer in die Höhe.

Was sind das für Zeiten, in denen auf einmal alles seinen Besitzer wechselt, die Perlen den Hals, die Küche den Koch, der Anzug den Steward und der Tisch seine Gäste? Spielen wir also ein letztes Mal das Spiel, damit ich für immer den Thunfischkiefer gewinne, zeig du mir die Flagge, ich zeige dir Land. Natürlich gewann wieder der Koch, und zum Abschied stimmte er ein Lied an, das ich nicht kannte, mein Hongkong, dein Hongkong. Der Steward fiel ein, aber was sind schon Namen.

Die Maske des Geographen

Es war bereits dunkel, als ich auf eine der vorüberfahrenden Dschunken sprang, um mich in die Stadt übersetzen zu lassen. Es donnerte und blitzte, die Wellen sprangen über die Bänke, und der Steuermann starrte mürrisch auf die Lichter der Stadt. Der Hafen war geschmückt mit bunten Wimpeln, die aus den Mäulern glühender Drachen hingen, und neben einem Karren, beladen mit Bier, stand der alternde Hofnarr der britischen Krone und spielte auf einem Dudelsack erbärmliche Weisen, während sich die Königin für immer verabschiedete.

Das strahlend erleuchtete Schiff des letzten Gouverneurs von Hongkong verschwand langsam am Horizont. An Deck standen, winkend und weinend und alle drei blond, seine Töchter. Der Pfeifer legte sein Instrument aus der Hand, hob drohend die Faust gegen den pechschwarzen Himmel und rief: Hiermit stehe ich ein für allemal ab von der Verwaltung dieser Regierung, aber Gott ist mein Zeuge, es geht nicht gut aus. Denn siehe, er wird eine Sintflut mit Wasser kommen lassen, alles, was auf Erden ist, soll untergehen, auch der Prinz und der Gouverneur und seine drei Töchter, die wahrscheinlich nicht wissen, wie man aus Treibholz und Rettungslicht Kammern im Wasser baut und im Ernstfall unnötiges Schwimmen vermeidet.

Aber in dieser Stadt regnet es immer im Juli, und seine Stimme ging im Grollen des Donners und der allgemeinen Fröhlichkeit unter. Geben Sie mir ein Bier, sagte ich rasch, bevor er wieder nach seinem Instrument greifen konnte. Als ich ihm das Geld in die Hand drückte, erkannte ich unter der Maske des Narren das Gesicht des Geographen. Gott schütze die Königin, schrie ich und rannte stadteinwärts.

Siebte Nacht

In dieser Nacht ließ sich ein schwarzer Vogel, der die Größe eines Raben besaß, auf dem Mast nieder und begann, krächzende Töne von sich zu geben. Die Matrosen begannen zu heulen wie Hunde, und am Morgen sahen wir Land. Der Generalkapitän ließ die Kisten an Deck bringen und öffnen, damit man schon von weitem sieht, daß wir nicht mit leeren Händen kommen, sondern mit allem, was in den Schubladen meiner Schwester zu finden ist und womit man sie längst nicht mehr ködert.

Ich habe alles gezählt und gezeichnet, auch, wie der Generalkapitän die Köche einzeln von der Reling zurück auf das Schiff holt, wie die Matrosen die Kisten öffnen, Stück für Stück gegen das Licht halten, wie sie Armbänder und Halstücher ausprobieren und wie sie sich um die letzten Mützen streiten.

Genau so habe ich mir das vorgestellt, rief meine Schwester entzückt, jetzt mußt du nur noch dich selbst zeichnen beim Blick in den eintausendsten Spiegel, aber als ich mich sah, fiel mir der Stift aus der Hand, und ich warf die Mappe ins Meer.

Kurz bevor wir das Ufer erreichten, schoben die Matrosen die Arme bis zu den Ellenbogen in die Perlen und die Kristalle aus Glas, sie schaufelten alles aus der Tiefe herauf und warfen es aus vollen Händen hinüber zum Strand.

Ich schreibe das auf, obwohl dort überhaupt niemand zu sehen war, weshalb meine Schwester mitten in der Erzählung wieder mißtrauisch wurde, die Augen öffnete und begann, ihre Geduld zu verlieren, bis der Generalkapitän endlich das Zeichen zum Angriff gab, weil er meinte, die Heilige Jungfrau am Himmel zu sehen.

Der Kampf dauerte einen ganzen Tag und eine ganze Nacht. Gegen wen wir fochten, weiß ich nicht, aber der Generalkapitän befahl, Feuer zu legen, um den Feind in Angst und Schrecken zu versetzen. Der Rauch legte sich über die kämpfenden Matrosen, sie begannen zu husten, verloren einander aus den Augen und wußten nicht mehr, auf wen sie jetzt einschlugen. Im Eifer des Gefechts traf die Kelle des dritten Kochs den Generalkapitän auf dem Hinterkopf und umschloß ihn wie ein Helm für immer.

Als wir ihm im Morgengrauen die letzte Ehre erweisen wollten, war sein Leichnam verschwunden, und meine Schwester drehte sich im Schlaf zufrieden auf die andere Seite.

Manöver
des vorletzten
Augenblicks

Ratten

Auf meiner ganzen Reise habe ich bis jetzt keine einzige Ratte gesehen. Wir essen immer noch mit weißen Servietten am Hals und von weißen Tellern, verziert mit Flaggen in Blau. Zwar läßt der neue Steward gelegentlich einen davon fallen, und die Handtücher sind nicht mehr so scharf gefaltet wie früher, aber das Wasser hinter dem Vorhang der Duschen kann man immer noch trinken. Nur die Briefe meiner Freunde werden von Hafen zu Hafen seltener.

Was soll ich schreiben? Wovon soll ich berichten? Daß ich begonnen habe zu stottern und daß mir folglich auch das Schreiben schwerer fällt? Pigafetta hat aufgehört zu erzählen, sein Schatten schrumpft, er weiß nicht mehr, ob ich ihm lausche, weil wir die Inseln, auf denen der Generalkapitän erschlagen wurde, längst passiert haben. Dorthin sind jetzt der Koch und der Steward unterwegs, wahrscheinlich die einzigen, die wissen, in welcher Höhle man seinen Leichnam versteckt hält, aber sie fassen die Leiche sicher nicht an, sie schleppen nur ihre Koffer voller Bilder, die ich auf dieser Reise nicht zu sehen bekomme.

Seit Tagen lief ich ruhelos über das Deck, in meinen Taschen die Schnürsenkel für die Stiefel Nobells, nach denen ich die ganze Stadt durchstreift hatte, der einzige Auftrag, den er mir erteilt hatte, weil er wußte, daß er kein Land mehr sehen würde, und sich jeden Morgen die Bänder zerriß, wenn der Erste Offizier schreiend die Tür zu seiner Kammer eintrat, obwohl er zu allen Türen den Schlüssel besaß. Er schrie und trat aus Verzweiflung, so wie er trank, die Listen durchblätterte und sich duckte, wenn er den Kapitän von weitem sah. Die Matrosen haßten ihn morgens und abends, und nach dem Abendessen haßten sie ihn im Tagesraum weiter. Nachts wetzten sie im Schlaf ihre Messer, ich hörte es deutlich, wenn ich durch die engen Flure zwischen den Kammern schlich, und je länger die Reise dauerte, desto träger wurden ihre Bewegungen, wenn sie die schweren Schrauben sortierten, Rost schlugen und die Geländer strichen.

Zur Strafe hängte der Offizier sie in breiten Gürteln in den Monsunwind über die Reling und ließ sie das Schiff von außen polieren, aber die Wellen spülten sie immer wieder zurück auf das Schiff, wo sie erschöpft an Deck liegenblieben und schworen, Rache zu nehmen, sobald der Kapitän das Schiff verlassen hätte. Nur der Bootsmann, der Frau und Kinder hatte, stieg immer wieder über die Reling und versuchte unermüdlich, das Meer anzustreichen, mit demselben Eifer, mit dem er in allen Häfen der Welt kurz nach dem Einlaufen die Rattenfänger über die Taue stülpte, große Scheiben aus schwarzem Gummi, über die noch jede Ratte hinwegkam.

Beim Schnüren der Stiefel erklärte mir Nobell, für wen das Schiff schön sein sollte, denn jetzt, rief er und zog an den Bändern, kommen wir in die Stadt schimmernder Seiden und blühender Gärten. Rollende Teppiche, fliegende Treppen, medizinische Pflaster, stinkende Früchte und kurze Prozesse mit allen, die spuckend und quer über die Straße laufen.

Das ist Lion City, Singa Pura, der größte Hafen, die schönsten Krane, die wendigsten Arbeiter und die kältesten Taxis in den sichersten, saubersten Straßen der Welt. Wissen Sie eigentlich, wie lächerlich Sie sich seit Wochen machen, ziehn Sie sich endlich ein Kleid an, sonst fängt man Sie ein und hängt Sie gleich an den nächstbesten Baum nebenan im Botanischen Garten, der, wie ich höre, sehr schön sein soll.

Kreuzende Kurse

Aber ich möchte jetzt nicht mehr schön sein, und der Kapitän weiß längst, daß ich der schlechteste Schüler bin, daß aus mir niemals ein Seemann wird, aber am letzten Tag, bevor er das Schiff verließ, bat ich ihn ein letztes Mal, mit mir auf den Mast zu steigen, und ich versprach ihm feierlich, mich nicht umzudrehen, sondern immer nach oben zu schauen und niemals nach unten, wo im Schanzkleid des Schiffes immer noch die Mütze des Überschmugglers lag, als hätte einer der Matrosen sie dort festgeschweißt, so daß der Wind sie nicht zu fassen bekam.

Der Kapitän drückte mir die Handschuhe in die Hand und begann mit dem Aufstieg. Der Wind war sehr stark, das Schiff schwankte heftig, aber ich hielt meinen Blick so fest auf seinen Rücken geheftet, daß ich weder Vögel sah noch Delphine und auch nicht die Mütze, die schon vollkommen verblaßt war, weil der Bootsmann immer wieder vergaß, frische Farbe aufzutragen.

Glauben Sie nur nicht, weil das Meer groß ist, wäre hier Platz für zwei, sagte der Kapitän, als wir die Plattform erreichten. Man gibt sich höflich die Tür in die Hand, die Listen, die Gäste, die leere Kasse, das ganze Schiff von oben bis unten. Je weniger Platz, desto deutlicher weicht man sich aus. Selbst in engem Fahrwasser können zwei Kiellinien sich kreuzen, ohne daß kreuzende Kurse gegeben sind, wenn sie sich, dem Verlauf des Fahrwassers folgend, rechtzeitig krümmen und damit vollkommen frei voneinander verlaufen.

Sie verstehen das nicht? Glauben Sie, ich wüßte nicht, daß Sie heimlich die Handbücher und Zeitschriften lesen? Sie wissen genau, daß, wenn die Kurse einander so kreuzen, daß die Gefahr eines Zusammenstoßes gegeben ist, ausweichen muß, wer den anderen auf seiner Steuerbordseite hat. Der Schiffsseite, fuhr ich gehorsam fort, auf der man allen die letzte Ehre erweist, wobei man unnötiges Händeschütteln vermeidet sowie des anderen Blicke und Bug zu kreuzen.

Er atmete auf. Und die Regel lautet, sagte ich auf, ein leichtes Winken mit freundlich erhobener Rechter. Kommt aber der Ausweichpflichtige, aus welchem Grund immer, dieser Regel nicht nach, vielleicht weil er trank oder träumte oder weil er auf noch größere Abenteuer aus ist, muß jetzt der Kurshalter selbst manövrieren. Dies und kein anderes ist das Manöver des letzten Augenblicks, aber wehe dem, der so lange wartet, weil sich jetzt in der Regel ein Zusammenstoß nicht mehr vermeiden läßt.

Ich sollte das wahrscheinlich näher erklären, aber weil ich nach unten schaute und mein Blick auf die Mütze fiel, kam ich plötzlich ins Stottern. Ich schlug mir mit der Hand ins Gesicht, aber er wußte viel besser als ich, daß dies unser ganzes Unglück ist, an Land wie zur See, daß wir den letzten nicht vom vorletzten Augenblick unterscheiden können und daß verloren ist, wer das Fest als letzter und das Schiff erst nach den Ratten verläßt.

Trockendock

Als ich vom Mast zurück an Deck stieg, stolperte ich über Pinsel, Taue und Schrauben, über Eimer mit frischer Farbe und über die Füße Nobells, der zwischen den Tauen eingeschlafen war, obwohl der Erste Offizier immer noch brüllend Befehle erteilte, um jetzt, kurz vor der Ankunft in Singapur, das Schiff, seinen Esel, zu bürsten.

Ich sah die Verzweiflung in seinen Augen, weil man ihn spätestens dort, bei der Inspektion in der Werft, zur Rechenschaft ziehen würde und weil sich die Matrosen in der drückenden Hitze wie Schlafwandler bewegten und unter seinen Schreien und Fäusten in den Schatten der Container krochen, wo sie Wasserflaschen öffneten und davon träumten, Besitzer von Schiffen zu sein.

Aber warum sollten sie dieses Schiff lieben, das man herrenlos aufgeteilt hat zwischen Maklern, Agenten, Zahnärzten und Pensionären, die, weil sie das Seereisen nicht vertragen, ihren Anteil niemals zu Gesicht bekommen werden, einer die Brücke, ein anderer die Maschine, der dritte das Deck und Herr Happolati das Mobiliar in der Eignerkabine, wo er für einen Teppich aufkommen soll, den man hier niemals erneuern wird.

Durch die halboffene Tür neben meiner Kabine sah ich, wie der neue Steward, der zum ersten Mal in seinem Leben ein Schiff bestiegen hatte, auf Knien über den Teppich rutschte und versuchte, die größeren Flecken zu entfernen. Hinter mir hörte ich die Schritte Frau Happolatis, an den Fenstern sah ich den Abdruck ihres Gesichts, und ich hörte deutlich ihre leise befehlende Stimme, bis ich es nicht mehr aushielt, mich neben den Steward auf den Boden kniete und ihm zeigte, wie man Teppiche bürstet, nämlich liebevoll wie das Fell eines ermüdeten Tieres.

Überlebensanzüge

Was soll die Verstellung, schrie der Erste Offizier, der genau wußte, daß ich seit Wochen die Pflichten der Passagiere vernachlässigte, obwohl ich wie alle Gäste unterschrieben hatte, daß man die Bettwäsche nicht selbst wechselt, im Keller nicht Fische zerlegt, nicht Flaschen ins Meer wirft, daß man nicht heimlich Knöpfe an die Hemden der Matrosen näht und nicht ungestraft Schnürsenkel kauft und nachher beim Einfädeln hilft. Er wußte auch, daß ich begonnen hatte, die Mahlzeiten gelegentlich in der Mannschaftsmesse einzunehmen, wenn ich nicht mehr mit ansehen konnte, wie der Klempner nach dem Essen seine Zähne auf das Tischtuch zwischen die Obstmesser legte.

Er zog mich vom Teppich nach draußen an Deck neben die leuchtende Kiste und verband mir die Augen, eine Überraschung, um mir endlich zu zeigen, was sich im Innern dieser Kiste verbirgt, auf der man sonntags zum Gottesdienst die Fässer öffnet, neben der sich die Happolatis immer wieder im Sonnenuntergang fotografieren und in die sich die Überschmuggler legen, wenn in den Containern kein Platz für sie ist.

Ich hörte seine Schlüssel, wie er die Schlösser öffnete, dann riß er mir die Augenbinde herunter, und auf dem Boden der Kiste sah ich, wie man sich notfalls rettet, in maßlosen Anzügen aus rotem totem Gummi, mit riesigen Flossen an Händen und Füßen, damit man schon von weitem sieht, daß wir mit leeren Händen kommen, die uns im Wasser als Bett und Decke dienen müssen, während wir langsam ersticken wie schlecht erfundene Fische ohne Kiemen, unter einem Reißverschluß, den man bis hinauf an die Stirn zieht.

Wenn er mich hier auf der Stelle in den Anzug packt und über Bord wirft, dringt kein einziger Tropfen mehr von außen nach innen. Drinnen ist es stickig und dunkel, keine Kerze, keine Bibel, keine Landschaft. Ich treibe durchs Meer, nicht wie ein Stück Holz, sondern wie ein nutzloses Gummiboot, auf das sich auch kein Rabe mehr setzt.

Achtzehn Knoten

Ein paar Stunden später zog man das Schiff auf das Trockendock. Ich erkannte die Treiber sofort, Könige des Schreibtischs in weißen Overalls, zwei Füße sicher an Land, den Namen der Reederei fest auf der Zunge und an den Armen Damen in wehenden Kleidern, die in den Speisen herumstocherten, die man eigens für sie von der Stadt über die Gangway in die Messe und in den Tagesraum geschleppt hatte. Der neue Koch war ehrgeizig und hatte kleine Flaggen in die geöffneten Mäuler der Fische gesteckt, aber während die Matrosen ihre Teller mit Reis, Fleisch und Früchten beluden, rührten die Damen keinen einzigen Bissen an. Statt dessen spazierten sie lustlos über das Deck, weil sie es kaum erwarten konnten, das schmutzige Schiff wieder zu verlassen.

Dafür aßen die Herren das Doppelte, tranken und hielten Reden über die Schönheit der Schiffe, die Schönheit der Werft, die Tüchtigkeit der Arbeiter und den schönen Gang der Geschäfte. Dabei packten sie die Offiziere, die auf einmal alle Krawatten trugen, fest und fröhlich von hinten im Nacken, schüttelten sie wie nasse Hunde und riefen: Was macht unser Esel, wie läuft er, was frißt er, und warum stöhnt er so schrecklich im Schlaf?

Die Offiziere starrten zu Boden und schwiegen. Der Kapitän war nirgends zu sehen, wahrscheinlich stand er auf der Brücke und sortierte die Listen. In der Ecke neben dem Bild der Taufpatin stand der Erste Ingenieur, stieß seinen Löffel ins Eis und erklärte einem der Herren, daß die Maschine nachts manchmal blockiert und daß er davon träumt, er führe auf einem Rad, Eigentum der Reederei, rund um das Schiff, immer im Kreis, und wie die Bleche sich ziehn und daß es unmöglich sei, mit einem Fahrrad eine Sollgeschwindigkeit von achtzehn Knoten erst zu erreichen und dann auf Dauer zu halten.

Der Treiber schlug dem Ingenieur auf die Schulter, das werden wir sehn, rief er, und was die Fahrräder betrifft, werden wir das überprüfen, verlassen Sie sich darauf. Der Ingenieur strahlte, verbeugte sich mehrfach und zog sich in die Ecke neben dem Fernseher zurück, wo mit einem übervollen Teller Canossa stand und versuchte, mit seinen Gedanken allein zu sein.

Ich habe ein gutes Wort für Sie eingelegt, sagte der Ingenieur, Sie dürfen noch eine Runde fahren, aber Canossa zuckte nicht einmal mit der Schulter.

Gärtner

Als ich seinen Anblick und den Geruch von Rasierwasser in den Gängen nicht länger ertrug, stieg ich Stufe für Stufe hinab in die Grube hinunter zum Kiel, der jetzt ganz auf dem Trockenen lag, und zum ersten Mal sah ich mit eigenen Augen, was ich vorher nur wußte, die ganze Schönheit meines namenlosen Schiffes, seinen abgestumpften, matt glänzenden Leib, die Nase des Ruders, die schlafende Schraube, den Schmutz und den Rost, die blätternde Farbe, die endlose Müdigkeit des zweijährigen Tiers.

Auf einmal begann ich zu laufen, 360 Meter rund um das Schiff und lächerlich wie ein Zirkuspferd, bis ich schließlich erschöpft neben den Fahrrädern der Hafenarbeiter unter dem Mond in die Knie ging, der schräg über Krane gehängt viel schöner ist als über den Palmen im Botanischen Garten, wo es dreierlei Gärtner gibt, die Rasierer des Rasens, die Wächter des Wachstums und die Züchter neuer und seltsamer Pflanzen, denen man später die Namen der Gattinnen von Ministern, Kaisern und Schauspielern gibt, um auf diese Weise das gemeinschaftliche Band unter den Nationen zu stärken und die Schönheit und Kultur des Menschengeschlechts in allen Erdteilen zu befördern.

Eine Orchidee ist der beste Agent im Verkehr unter den Menschen, nur daß die Rasierer des Rasens, der grün und glatt wie ein Handtuch ist, nicht schön sind, sondern Overalls, Brillen und Turbane tragen wie die Matrosen beim Schweißen an Deck, weil ihnen das Gras wie Staub um die Ohren fliegt. Sie heben nicht einmal den Kopf, wenn die Gattin eines neuen Ministers kommt, um den Orchideengarten zu besichtigen, von mir ganz zu schweigen. Aber nachts ritzen sie heimlich ihre Namen in die fetten Blätter der großen Kakteen.

Ich stand lauernd zwischen den Büschen und wartete, bis sich die Wächter mit ihren Karren entfernt hatten. Dann zog ich mein Reisemesser aus der Tasche und suchte nach einem unbeschriebenen Blatt. Als ich es endlich gefunden hatte, hatte ich vergessen, wessen Namen ich schreiben wollte.

Windstille

Spät in der Nacht kehrte ich zur Werft zurück. Auf ihren Fahrrädern kamen mir die letzten Hafenarbeiter entgegen. Sie lachten und winkten und gaben unverständliche Signale. Ich winkte zurück und zeigte zum Schiff hinüber. Aber nichts! Nur eine tiefe Rinne, gefüllt mit schmutzigem Wasser und den Resten der Speisen, die man noch vor wenigen Stunden über die Gangway getragen hatte. Meine Kehle brannte, das Herz schlug mir hinauf bis zum Hals. Ich konnte nicht singen, ich wollte jetzt nur noch trinken und mich vom Wind aufblasen lassen, aber es regte sich nichts, die Luft war zum Schneiden, in Bächen lief mir der Schweiß unter dem Kragen den Körper hinab, meine Füße waren taub, und mein Schiff war unterwegs, ohne Kapitän, ohne mich, auf nordwestlichen Kursen in der Straße von Malakka, verschwunden mit allem, was mir in den letzten Wochen fest ans Herz und tief in den Traum gewachsen ist, die bleischweren Schuhe, der Helm und der Handschuh, der Überlebensanzug, die Fische und Flaschen, die Rattenfänger, Karten und Muscheln, Schrauben und Bolzen, Geschenke Nobells. Und die Maske des Geographen, die ganze lächerliche Anstrengung der Körper der Menschen an Land und zu Wasser und in der Luft, das Schnaufen des Pfirsichzüchters bei Tisch, das Ächzen und Stampfen und Stöhnen, die Kreuzworträtsel des Klempners und das Scheppern und Schlagen der Türen unterwegs auf schlechten Schienen.

Als ich in meinen Taschen nach etwas Eßbarem

suchte, fand ich gleich neben dem Thunfischkiefer die Sicherheitsrolle, die Pigafetta mir mit auf den Weg gegeben hatte. An Land wird sie mir wenig nützen, aber da ich jetzt schon alles verloren habe, drehe ich mich nicht mehr um, denn nur ein Schiff, das seinen Kurs ständig ändert, hat gar keinen Kurs. Also laufe ich los, den Blick geradeaus in nordwestlicher Richtung. Und damit wir unterwegs nicht vor Hunger vergehen, werde ich Pigafetta endlich die Geschichte von den Köchen auf den Schiffen Magellans erzählen.

Achte Nacht

Aber hört er mir zu?, hörst du mir überhaupt zu? Ist hier noch Platz für uns beide? Ja, ich höre dir zu, ich lausche genau. Im Gegensatz zu dir habe ich meinen Platz unter der Uhr nicht eine Sekunde verlassen. Es ist nur der Blick, der dich kurzfristig täuscht, die geänderte Richtung, aber ich höre auch von weitem jedes deiner Worte, ich zeichne alles auf, Silbe für Silbe, und setze sie wieder richtig zusammen, weil du vergessen hast, wie man denen den Mund stopft, die lügen auf offener See. Aber es ist nichts erlogen, ich habe alles ehrlich erfunden, die Straße, den Globus, die Zwerge, auch die Schönheit unserer Schwester, nur daß ich vergaß zu erwähnen, daß ihr ein Zahn im unteren Kiefer fehlt, der niemals nachwuchs, und daß sie deshalb beim Essen ein wenig spuckt. Aber ich habe das nicht wirklich vergessen, ich habe es nur nicht erzählt, weil es nicht schön aussieht und weil sie ansonsten ja völlig gesund ist. Ich erinnere mich noch genau, wie wir am ersten Tag in die Schule gingen und wie man uns einen glatten kalten Löffel in den Mund unter die Zunge schob, sie hob und wieder senkte, weil man nur so die Beweglichkeit und das richtige Sprechen lernt. Vergiß das, wir haben hier niemals mit Löffeln gegessen, wir hatten auch keine Manieren über dem Abgrund, wir nahmen die Mützen niemals vom Kopf. In den Kisten waren weder Löffel noch Gabeln, auch keine Kellen, die Köche rührten die Suppe mit der bloßen Hand, sie tauchten die Arme bis zu den Ellenbogen hinab in die Brühe, die so dünn war, daß auf dem Boden der Töpfe nichts schwamm als unser hungrig verzerrtes Spiegelbild, aber hörst du mir überhaupt zu? Ja, ich höre dir zu, aber je näher wir unserer Heimat kommen, desto mehr habe ich die Reise satt, dieselbe Tonleiter hinauf und hinunter, dieselbe Angst, daß in der Zwischenzeit jemand geheiratet hat und daß auf dem Platz des zweiten Essers von rechts schon ein anderer sitzt. Daß unsere Mutter nicht einmal den Kopf hebt, wenn wir zur Tür hereinkommen, weil man uns nach all den Jahren nicht mehr erkennt, weil wir womöglich gewachsen sind, hört ihr uns überhaupt zu? Ja, wir hören euch zu, sie hören uns zu, nur daß unser Vater immer wieder mit dem Messer an den Rand seines Tellers klopft, und der zweite Esser von rechts, ein schöner und stattlicher Mann, wahrscheinlich ein Bäcker, nein, eher ein Schreiber aus der Kanzlei unseres Vaters, wirft unserer Schwester Blicke zu, wenn wir fragen, wo wir jetzt sind. Wahrscheinlich hält er uns für verrückt, wahrscheinlich weiß er nicht einmal, daß er auf unserem Platz sitzt, wo alles ganz harmlos mit einem leichten Kratzen im Hals begann, dann wurde die Zunge schwer, und der Löffel paßte nicht mehr so recht in den Mund. Das kommt davon, wenn man die Heimat verläßt, aber wir geben nicht auf, wir schlagen uns jetzt zum Nachtisch gegenseitig mit der Hand ins Gesicht und öffnen zum Beweis unsere Mappen, zeigen Bilder und ziehen alles ans Licht. Dabei weiß unsere Schwester ganz genau, daß wir immer noch Nichtschwimmer sind.

Die
dritte
Seekrankheit

Missionare

Aber wehe dem, der sich ohne Handwerk aufs Wasser wagt und die Zeichensprache der Hafenarbeiter für nichts als ein freundliches Winken hält. Mitten in der Nacht irrte ich immer noch durch die Stadt. Ich lief zurück zum Botanischen Garten, ich wollte mich unter die Bäume legen oder zwischen die Blätter der fetten Kakteen, um vor dem Einschlafen noch einmal die großen Namen von Gärtnern, Ministern, Matrosen und Entdeckern zu studieren, aber das Tor war verschlossen.

Später fiel mir die Seemannsmission ein, ein schmales Gebäude voller Zimmer und Betten in der Nähe des Hafens. Die Aufnahme war mühsam, denn der Pförtner war strenggläubig zur See gefahren und mißtraute meinem Kleid und meinem Landgangspaß, obwohl der Stempel ordnungsgemäß frisch und mein Name deutlich zu lesen war.

Ich stand erschöpft in der Tür, legte den Thunfischkiefer auf den Tresen und wollte ihm durch das kleine Loch in der Glasscheibe, die uns trennte, plötzlich meine ganze Lebensgeschichte auf einmal erzählen, von den Anstrengungen der Reise, der Hitze, der Kälte, davon, daß man mich erst getauft, dann aber verlassen hatte und daß ich seither durchaus in der Lage bin, auf jeder Halbkugel, zu jeder Tages- und Nachtzeit das Kreuz des Südens oder das Bildnis der Heiligen Jungfrau auszumachen.

Aber er hörte mir gar nicht zu. Er zeigte nur mit dem Finger immer wieder auf den Thunfischkiefer, und weil ich todmüde war, warf ich den Glücksbringer entschlossen in den Papierkorb neben der Tür, die sich auf einmal wie von selbst öffnete, vielleicht aber auch deshalb, weil der Pförtner meine stotternde Erzählung nicht länger ertrug.

Drinnen versanken im Halbdämmer in schmutzigen Sesseln und geliehenen Sofas Seeleute. In der hinteren Ecke lief ein Fernseher, neben dem Zeitungen und Zeitschriften verstaubten, niemand sah hin. Hinter einem Plastiktischchen saß eine alternde Frau und sortierte Postkarten und Briefmarken. In zwei schwach erleuchteten Telefonzellen standen junge Matrosen. Was sie sagten, war nicht zu verstehen, aber an ihren Gesichtern sah ich, daß sie mit Frauen oder Kindern sprachen. Geben Sie mir ein Bett, sagte ich zu der Frau, die, ohne den Kopf zu heben, einen Schlüssel von einem Haken an der Wand nahm und über den Tisch schob.

In dieser Nacht tat ich kein Auge zu. Das Zimmer war klein, das Fenster ließ sich nicht öffnen, neben der Tür hing eine vergessene Mütze. Auf der Wand liefen die Schatten und Lichter der Straße vorbei, aber das Bett und mein Schlaf kamen nicht voran, keinen Meter, es rührte sich nichts. Außer dem Klappern von Schlüsseln hinter den Türen war nichts zu hören.

Ich stand auf, machte Licht, öffnete die Schublade im Nachttisch, zog die Bibel heraus und studierte noch einmal gründlich die Anleitung zum Bau von Kammern im Wasser.

Die Handschrift des Kapitäns

Das Frühstück war dürftig, blasse Brötchen, in die unausgeschlafene Seeleute ihre Messer schoben und die sie wie Muscheln in der Mitte auseinanderbrachen, um die Hälften mit Margarine zu bestreichen und mit Zucker zu bestreuen. Der Kaffee war dünn, der Tee lauwarm und hellrot.

Vor der Mission stand der Fliegende Engel, der Bus, der die Matrosen zurück zum Hafen bringen sollte. Die Matrosen hockten verschlafen in ihren Sitzen und starrten teilnahmslos durch die schmutzigen Scheiben hinaus in die Straßen. Ich setzte mich nach vorn hinter den Fahrer und studierte auf dem Hafenplan, wo welches Schiff lag und in welches Becken man meines vom Trokkendock aus der Werft gezogen hatte. Allerdings sind die Arbeiter hier sehr schnell, sagte der Fahrer, aber mit etwas Glück erwischen Sie es.

Ich erkannte es schon von weitem, den frisch gestrichenen Esel, der sich unter dem lauten Gebrüll des Ersten Offiziers flach wie ein Floß unter der Last seiner Ladung duckte, und an der Reling, die Ohren verstopft, Nobell und Canossa, die die Taue zum Auslaufen fertigmachten. Der Kapitän war nirgends zu sehen. Er hatte zusammen mit den Treibern das Schiff verlassen, Manöver des vorletzten Augenblicks, winkend wahrscheinlich und mit freundlich erhobener Rechter. Aber vor der Tür meiner Kabine standen Blumen, und auf dem Tisch lag ein Brief.

Ich erkannte die Handschrift des Kapitäns sofort, kleine, eng aneinander gedrängte Buchstaben und schwarz auf weiß die folgenden Worte: Den Oberbefehl an Bord führen jetzt Sie, aber hören Sie endlich auf, ständig den Kurs zu ändern, hören Sie nicht auf den Ersten Offizier, verlassen Sie sich auf den Wind, und hören Sie auf zu stottern.

Wie kann er das wagen, rief ich entrüstet, aber Pigafetta lachte. Er saß unter der Uhr an der Wand meiner Kabine und war überzeugt, daß wir auch diesmal rechtzeitig auslaufen würden. Aber hört er mir zu, hörst du mir überhaupt zu? Ja, ich höre dir zu, ich habe auf dich gewartet, die ganze Zeit habe ich darauf gewartet, daß du zurückkommst, damit wir diese Reise endlich beenden. Es ist nicht mehr weit, ich habe das alles genau studiert, auch die Briefe Churchills, nur noch die Wüste, dann sind wir zu Hause.

Übrigens habe ich Schokolade zurückgelegt, damit wir unterwegs nicht verhungern. Warum sollten wir denn verhungern, ich habe mit eigener Hand im Kühlraum die Fische zerlegt, ich habe mich auch mit der Zubereitung vertraut gemacht, wir werden auch ohne die Köche satt, und auch ohne die Hilfe des Stewards beziehe ich dir jetzt ein Bett.

Denn dies ist sein schönster, mein größter Gedanke auf See, ein eigenes Bett zwischen den Wellen, weißes Leinen auf blauem Grund, Flagge des Schlafs und Fahne der Träume über dem Abgrund unter den hohen Rippenbögen im Innern eines Walfischbauchs, wo wir im Licht der langsam verlöschenden Kerze und unter dem Duft frisch gebügelter Wäsche gemeinsam die Bibel lesen.

Meuterei

Die Meuterei begann an einem strahlenden Sonntagmorgen bei Windstärke zwölf, als der Pfirsichzüchter bemerkte, daß das Schwimmbecken im Keller des Schiffes kein Wasser mehr führte, worauf er sich beim Frühstück in der Offiziersmesse vor Zorn das Hemd von der Brust riß und damit gegen eine der hier herrschenden Grundregeln verstieß: Auf Schiffen sich immer bedeckt halten und niemals mit freiem Oberkörper auf die Brücke, in die Küche, in die Messe! Aber da er weder der wiederholten Aufforderung nach angemessener Bekleidung nachkam noch Reue zeigte oder irgendwelche Anstalten machte, die erhobene Strafe in Höhe von einer Kiste Bier für die Mannschaft zu zahlen, kam es zu Handgreiflichkeiten.

In der Küche zerschlug er zwei Tassen, die erste auf dem Kopf des neuen Kochs, die zweite am Kinn des neuen Stewards, der immer noch nicht wußte, wie man Teppiche bürstet und rechtzeitig den Kopf einzieht, und erst mit den vereinten Kräften Nobells und des Bootsmanns gelang es schließlich, ihn an seinem Stuhl festzubinden, während der Erste Offizier mir mit leiser, gefährlicher Stimme erklärte, daß man unter entsprechend kräftigem Rühren auch in einem Suppenteller eine Windstärke von zwölf erzeugen kann, reinste und schönste Physik, aber Sie können mir glauben, setzte er hinzu, daß wir gelernt haben, das Übel an seiner Wurzel zu pakken, denn wer zögert, verliert alles auf einmal, erst die Fracht, dann die Macht und am Ende das ganze Schiff.

Er wußte genau, wovon er sprach, denn er hatte bereits alles verloren, aber er ließ den Pfirsichzüchter trotzdem festverschnürt sitzen, bei weit geöffneter Tür, warnendes Beispiel für alle unterwegs zwischen Küche, Messe und Brücke, bis wir das Rote Meer erreichten und sich der Wind langsam legte.

Ewigkeit

Hier ist es heiß wie in der Hölle, aber wie die Mönche wissen, steckt der Teufel nicht dort, sondern zwischen Messer und Gabel, im Nacken hinter der weißen Serviette am Hals, im Fernrohr und unter den Korken der unzähligen Flaschen, die nachts ins Meer fliegen. Er liebt das harmlose Plaudern, das leichte Dahinfahren auf unsicherem Element. Begnadeter Alleinunterhalter, galanter Verführer und glänzender Spielleiter, hockt er abends zwischen Damen, Königen und Buben in der Mannschaftsmesse und mischt sich selbst, wie Las Vegas, seinem fleißigsten Schüler, sämtliche Asse zu. In der Offiziersmesse hält er sich bedeckt, aber er liebt es, der Mannschaft bei der Arbeit zuzusehen. Die Nächte verbringt er in den Containern zusammen mit den Überschmugglern, denen er die altbekannten Lieder vorsingt: Wir sind nur Gast auf Erden und wandern ohne Ruh.

Verstopft euch also die Ohren und verschließt eure Kammern, so fest ihr könnt, er findet euch doch, denn er kam noch durch jede Ritze, wie der Sand, der sich jetzt neben das Salz in die Kleider und über die Ölschicht auf den Geländern legt, denn wir sind in der Wüste. Aber fürchtet euch nicht, ruft der Teufel, ich bin ja ganz bei euch, dies Schiff ist ein Schiff, und der Mast bleibt ein Mast, wir sind unterwegs, sieben Jahre sind schnell vorbei. Dann dürfen wir wieder an Land, Frauen entbinden und Kinder betören, damit man uns nicht ganz vergißt.

Aber wer überall ist, ist nirgends. Das ist das geographische Geheimnis der Ewigkeit.

Handbuch der Internationalen
Strömungslehre

In der Wüste verlor ich den Appetit und hörte auf, meine Zeit beim Essen in der Offiziersmesse zu verschwenden. Statt dessen vertäute ich mich in meiner Kabine hinter dem Schreibtisch und studierte von morgens bis abends die Handbücher, die Pigafetta mir, eins nach dem anderen, über die Schulter hin zureichte. Um mir Klarheit zu verschaffen, schrieb ich mit nassen Fingern in ein leeres Heft: Wir befinden uns hier auf einem vollausgelasteten Containerfrachtschiff von 163 Meter Länge, 27 Meter Breite, 45 Meter Höhe mit einer Tragfähigkeit von 22 500 Tonnen auf einer Rundreise von Hamburg nach Hamburg. Der Zeit- und Kostenaufwand der Reise läßt sich ermitteln auf der Grundlage der Berechnung einer Durchschnittsgeschwindigkeit von 18 Knoten bei einer Chartergebühr von 1000 DM in der Stunde. Zu berücksichtigen sind Streckeneinsparungen durch den Panama- und den Suezkanal zuzüglich anfallender

Lade- und Löschzeiten in 20 Häfen bei einer durchschnittlichen Liegezeit von 12 Stunden. Sodann ist der aus dem Transport der Ladung entstehende Gewinn zu kalkulieren und mit den anfallenden Lohnkosten für 16 Mannschaftsmitglieder und einen Koch zu verrechnen, wobei unterschiedliche Tarife je nach Dienstgrad und Herkunftsland zu berücksichtigen sind.

Die Berechnungen waren einfacher, als ich gedacht hatte. Wie ich dem Handbuch der Internationalen Strömungslehre entnahm, würden wir selbst bei schlechter Witterung und ungünstigen Strömungen klimatischer oder politischer Natur, wie zum Beispiel Seebeben, Taifunen, jahreszeitlich bedingten Monsunwinden oder, im Fall von kriegerischen Auseinandersetzungen, verlängerten Liegezeiten von bis zu sechs Jahren im Suezkanal, zu einem überraschend günstigen Ergebnis gelangen. Erleichtert klappte ich das Heft zu.

Trompeten

Aber gleich hinter der Wüste und nach der Ewigkeit kommen die Kanallotsen von Suez, und sie sind die schönsten von allen. Sie tragen weiße Hosen unter weißen Hemden unter weißen Mützen mit goldenem Rand und hochhackige weiße Schuhe wie Tänzerinnen. Sie sind der ganze Stolz dieses alten Kanals, verletzlich, bestechlich und in Zigaretten nicht aufzuwiegen. Als ich sie zum ersten Mal auf der Brücke sah, begriff ich sofort, daß sie nicht für Schiffe, sondern für die Oper geschaffen waren, mit der man im Auftrag eines ägyptischen Paschas vor vielen Jahren feierlich diesen Kanal eröffnet hatte.

Pigafetta kannte die Stimmen genau, weil die Oper gegen eine nicht unbeträchtliche Summe von einem seiner Landsleute verfaßt worden war, der später weder die Oper noch den Kanal zu sehen bekam, weil er das Seereisen nicht vertrug. Aber der Stoff war, wie ich nachts erfuhr, wenn ich mich ruhelos von der einen auf die andere Seite warf, nach wie vor herrlich und groß, denn er betraf nicht den Bauch und auch nicht den Kopf, sondern die dritte und schwerste aller Krankheiten, er traf mitten ins Herz und mündete, vierter Akt, zweite Szene und letztes Duett, weder in den Tod von Ratten und Köchen noch in den würdelosen Abgang eines Generalkapitäns, der sein Schiff niemals in den Hafen brachte, und auch nicht in den Tod durch Verschwinden der Frau eines Fliegenden Holländers, sondern in den Tod durch Ersticken in einer engen ägyptischen Grabkammer, wo, wie ich mir im Dunkeln mit Pigafettas Hilfe mühsam übersetzte, der helle Sopran einer liebenden Sklavin und der verzweifelte Tenor eines Kriegers wie irrende Seelen zum Strahl des ewigen Tages fliehen.

Solche Stimmen hatten die Lotsen, Stimmen, die allerdings erst mittags um zwölf, wenn sie unvermutet die Schiffsflaggen aus den Regalen zogen und wie Gebetsteppiche auf der Brücke auswarfen, wirklich zum Klingen kamen. Vorher gaben sie keinen Laut und rührten keinen Finger, und das Schiff kam nicht voran, keinen Meter, keine einzige Meile. Aber sobald sie ihre Gebete beendet hatten, standen sie auf, strichen sich die Kostüme glatt und tauchten die Arme bis zu den Ellenbogen hinab in die Kisten, die bis zum Rand gefüllt waren mit Stangen voller Zigaretten amerikanischer Herkunft, und endlich setzte sich das Schiff langsam in Bewegung, während von fern von den Türmen der Stadt die Aida-Trompeten erschollen.

Kartoffeln

Endlich weiß ich, was sich in den unzähligen Grabkammern dieser Gegend verbirgt, aber was ist in den sechs Containern, die uns am Ende des Kanals, kurz vor den Toren zur Heimat, erwarten? Als man sie mit den Kranen hoch über das Schiff zog, lachten die Hafenarbeiter und warfen einander vielsagende Blicke zu, weil aus den Ritzen ein brauner Saft auf das Deck tropfte und von dort, erst in kleinen Rinnsalen, dann in kleinen Bächen, schließlich wie ein träger Strom vom Bug hinunter zum Heck floß.

Kartoffeln, schrie der Erste Offizier, die stinkenden Früchte der Heimat! Und fieberhaft begann er, Befehle und Schläge auszuteilen, die Matrosen begannen zu laufen, stemmten Holzbalken quer in die Gänge und versuchten, Wälle und Dämme zu bauen aus Säcken mit Sand, aber der Saft sickerte durch die Latten hinein in die Säcke, hinein in die Schuhe und Handschuhe und tropfte von oben wie die neunte der Plagen herab auf die Turbane, die Lappen vor den Gesichtern und in die Kragen ihrer Overalls.

Innerhalb weniger Minuten stank das Schiff zum Himmel, obwohl die Matrosen unermüdlich aus langen Schläuchen frisches Wasser über die Decks und Geländer spritzten, wobei sie sich die Lappen fest auf die Gesichter drückten, während der Pfirsichzüchter entsetzt floh, Tür und Fenster verbarrikadierte und schwor, seine Kabine nicht eher zu verlassen, als bis die Ladung wieder von Bord sei, denn für diese Krankheit hatte er nicht bezahlt. Nur der Klempner lief ungerührt in kurzen Hosen und Sandalen über das Deck und fotografierte die schwitzenden Matrosen, wofür Canossa ihm einen haßerfüllten Blick zuwarf.

Aber Nobell, zwei Meter hoch, ein vom Heimweh zerfressenes Tier, stürzte sich auf den Klempner, riß ihm die Kamera aus der Hand, warf sie in hohem Bogen über die Kante und Pinsel und Farbeimer hinterher, was soll die Verstellung, schrie er, wozu diese Schminke, von uns kommt keiner nach Haus, für wen also schön sein? Dann hielt er inne, schlug sich mit der flachen Hand ins Gesicht und verstummte.

Manöver des letzten Augenblicks

Bereits gegen Mittag war klar, daß wir die Ladung nicht mehr loswerden würden, denn auch unverkäufliche Waren wirft man nicht ungestraft ins Meer. Und so stieg ich hinauf auf die Brücke, um meine allerletzte Aufgabe zu lösen, nämlich durch die Verteilung von Geschenken unter strenger Berücksichtigung der hier herrschenden

Sitten und Regeln und unter Aufbietung meiner letzten Manieren nach stundenlangen und mühsamen Verhandlungen endlich zu ermitteln, daß diese ungekühlten Kartoffeln bereits jetzt mehr von der Welt gesehen haben, als ich jemals werde sehen können, weil sie bereits dreimal so lange unterwegs sind wie ich, nach einer Zeitrechnung, die mir selbst Pigafetta nicht begreiflich machen kann, auf Schiffen, an deren Namen sich beim besten Willen niemand erinnern will, nicht der Treiber, nicht der Charterer, auch nicht der Agent und erst recht nicht die Versicherung. Aber vielleicht liegt es auch einfach daran, daß ich verlernt habe, wie man sich deutlich ausdrückt, ohne gleich ins Stottern zu geraten.

Und so werden sie weiterfahren, herrenlos faulend immer im Kreis, bis sie sich am Ende ganz von selbst in nichts auflösen.

Schmuggler

Am Nachmittag versuchte der Erste Offizier immer noch, für Sauberkeit zu sorgen, aber wer jetzt noch vorne am Bug arbeitete, mußte sicherlich Frauen oder Kinder haben, denn der Gestank war unerträglich. Die Matrosen saßen hinter zugezogenen Vorhängen im Tagesraum und betranken sich sinnlos. Wer nüchtern blieb, begann seine Koffer zu packen. Nur Pigafetta war an seinen Lieblingsplatz zurückgekehrt, denn er ist noch schlechtere Nahrung gewohnt.

Als gegen Abend der Wind endlich drehte, wagten sich die ersten Händler an Deck. Sie trugen vom Kai große Kisten über die Gangway hinauf, um draußen am Heck und drinnen in den Fluren zwischen den Kammern der Matrosen, auf den Treppen, in der Messe und vor den Kabinen der Zahlenden Gäste ihre Waren anzubieten.

Ich stand staunend in der Tür und sah zum ersten Mal mit eigenen Augen, was sich in den Containern verbirgt: Angeln, Köder und Schnur, Hüte und Schirme, Schuhe, Früchte und Filme, Stiefel und Schnürsenkel von zwei Meter Länge. Messer, Scheren und Spiegel, gut gefütterte englische Jacken, Bibeln und Überlebensanzüge, Taucherbrillen, Tücher und Fächer, Gummiboote und Glücksbringer und kleine Zwerge aus billigem schwarzem Gummi. Fische, Gebisse und Ohrringe, goldene Ketten, Seifen und Kameras, Ferngläser und Rasierwasser, Masken und Schokolade, zollfreie Getränke und Zigaretten und Kartenspiele, die aus nichts als lauter Assen bestehen.

Die betrunkenen Matrosen zogen die letzten Scheine unter den zerfetzten Kragen hervor und kauften frische Ketten und Hemden. Der Zweite Offizier, dessen Kabine schon seit Wochen einem riesigen Kiosk glich, bat mich um Rat bei der Auswahl von Schuhen für seine drei Töchter und von Hüten und Tüchern für seine Frau. Der Pfirsichzüchter, der wegen der plötzlich aufkommenden Fröhlichkeit unter seinem Fenster seine Kabine verlassen hatte, kaufte zwei Amulette gegen den Bösen Blick, eines gegen den seiner Frau, das andere gegen den seiner Tochter.

Plötzlich hörte ich hinter mir eine Stimme, gefällt Ihnen nicht, was Sie da sehen, oder haben Sie niemanden, dem Sie etwas mitbringen sollten? Ich drehte mich nicht um, aber ich bückte mich rasch und erwarb zum Abschied ein Paar Schnürsenkel und ein Radio.

Friseure

Spät in der Nacht, als der Lärm sich langsam legte, kamen die Friseure. Ich hörte schon von weitem das leise Klappern ihrer Messer und Scheren, ich sah ihre kleinen blinkenden Spiegel und wie sie in der Dunkelheit ihre schmutzigen Umhänge schwenkten, die sie auswarfen wie Netze, unter denen sie Tausenden namenloser Matrosen auf allen Schiffen unter sämtlichen Flaggen der Welt Gesichter und Nacken rasiert und die Haare geschnitten hatten. Sie arbeiteten ohne Handschuhe und schnell, denn sie kannten ihr Handwerk genau, die Kurven, die Ränder aus Haar, wie man die empfindlichen Ohren ausläßt, wie man die feigen Nacken und die ängstlichen Hälse von Seeleuten einseift, wie man ihnen entschieden die Bärte stutzt und nachher einen Duft in die Gesichter wirft, der uns die faule Ladung vergessen läßt, egal, wie der Wind steht.

Zum Schluß komme ich an die Reihe. Unter der schwankenden Hand des Friseurs sitze ich draußen in der Dunkelheit an Deck, um mich herum die schimmernden Gesichter frisch barbierter Matrosen, und lausche dem Klappern einer unbekannten Schere, bis meine Haare so kurz sind, daß sie kein Wind mehr zu fassen bekommt. Nur Pigafetta wird mich sofort erkennen, denn jetzt gleiche ich endlich dem Fisch, der seit Monaten hungrig die Schiffe des Generalkapitäns begleitet.

Letzte Nacht

Wie leicht auf einmal der Abschied fällt, wenn man sich vom Bug hinunter ins Wasser läßt, unter der Weste das Schreiben an den Generalkapitän und eingenäht in den Kragen die Sicherheitsrolle, falls wir unterwegs wieder vergessen, wie man Kammern im Wasser baut. Aber es ist kein Treibholz zu finden und erst recht kein Rettungslicht, weil das Schiff sich immer weiter entfernt, aber hörst du mir überhaupt zu? Ja, ich höre dir zu, nur daß du das wieder verwechselst, denn das Schiff liegt ganz fest, es sind ja wir selbst, die durch das Wasser dahintreiben, festgeklammert an einem leer getrunkenen Faß, in dem kein Platz für uns beide ist. Also wird einer von uns unterwegs ertrinken, und zwar derjenige, der immer noch nicht weiß, wie man die Hände faltet und Arme und Beine öffnet und schließt, bis wir die rettende Straße erreicht haben. Vergiß das, du redest ja wie unsere Schwester, wie unser Bischof, es ist nichts als ein Ausflug, in ein paar Stunden sind wir zurück. Ich sehe schon deutlich die Lichter der Stadt, Luftkreuz des Nordens, dort hinten den Tunnel, da drüben die Anstalt für Fischerei und in der Mitte die hellerleuchtete Staatsoper, fünfter Akt, letzte Szene, Chor der Daheimgebliebenen und Stotterer, frisch gebügelte Taschentücher und Mütter, die sich um unsere schmutzigen Hemden streiten und sie hoch erhobenen Hauptes zur Wäsche tragen. Wir schauen ihnen tief in die Augen, direkt auf den Mund, wir sind wieder da, wir geben Versprechen, wir gehen nie wieder weg.

Und endlich möchten wir reden, die Erde ist rund, aber bevor wir dazu kommen zu lügen, fallen wir nach hinten gegen die dünnen Wände, und die Wörter rieseln aus unseren Mündern wie Sand und wie Salz. Besser, ihr tragt uns gleich nach oben, glücklich und naß, wie wir sind, damit wir endlich schlafen können, aber wir nehmen die Mützen nicht vom Kopf, damit niemand unsere Ohren sieht, die jetzt schon so lang sind, daß eines davon uns als Decke dient. Im Traum sprechen wir gern wie ein Wasserfall und werden euch alles verraten, aber daß ihr uns nicht vor dem Morgen weckt, denn wenn wir einen Fremden erblicken, fahren wir aus dem Schlaf und fliehen kreischend.

Inhalt

Erste Nacht	7
Anordnung der Warnzeichen	9
Zweite Nacht	25
Entdecker	27
Dritte Nacht	45
Paradiese	47
Vierte Nacht	61
Kammern im Wasser	63
Fünfte Nacht	81
Winter	83
Mittsommernacht	99
Ausgeflaggt	101
Siebte Nacht	119
Manöver des vorletzten Augenblicks	121
Achte Nacht	135
Die dritte Seekrankheit	137
Letzte Nacht	155